続続・清岡卓行詩集

Kiyooka Takayuki

Shichosha
現代詩文庫
165

Gendaishi Bunko

思潮社

現代詩文庫　165　続続・清岡卓行・目次

装幀・芦澤泰偉

詩篇

詩集〈駱駝のうえの音楽〉から

白玉の杯

葡萄美酒夜光杯欲飲琵琶馬上催酔臥沙
場君莫笑古來征戰幾人回
——王翰「涼州詞」

遠い戦乱の日
どこの沙漠のほとりであったか
わたしもまた　この白玉の杯で
若い生命《いのち》を惜しんだようだ。

注がれたものが
葡萄の美酒であったかどうか
手にしたものが
夜光の杯であったかどうか
そんな外側の夢は　忘れてしまったが
今も　舌の先に
甘く悩ましい別れの味は　沁みたままだ。
未遂に終った
人生への別れの味！

西安は玉祥門外
隋の時代の　貴族の小娘の墓に
千三百年あまり眠っていた
高さ四センチ　口径五・六センチ
半球に近い恰好のさかずき。
于闐《うてん》で採れた軟玉だろうか。
それが　駱駝に載せられ
敦煌や涼州などを通って
隋の都の大興城に運ばれてきたのだろうか。

淡い白の半ば透明な肌のなかで
濃い白や薄い黄の　小さな濁りが
若い日に解けなかった
いくつもの謎のように

散らばって　凝えたままだ。
そして　飲口にかぶせられた金の輪の
深く静かな輝きが
若い日の赤裸裸な告白を
やさしく吸って　黙ったままだ。

ある画像磚

淡い駱駝色を含む　灰色が
砂と小石の荒寥を
思いださせる　くすんだ磚《れんが》。
――そんな方形の板への
浮彫りの写実であるためか
まず　ざらざらの親しみがあった。

敦煌は　莫高窟《ばくこうくつ》の近く　仏爺廟《ぶつやびょう》。
その唐代の墓の闇から
夢に満ちた物語の　一齣のように
いや
ごくありふれた日常の　一齣のように
現われた画像磚《がぞうせん》。

薄紫の朝明けか　真青な昼間か
それとも　赤く輝く夕暮れか。
とんがり帽子の
たぶん商人である一人の男が
どさりと側対歩《そくたいほ》の
疲れを知らぬ一頭の駱駝を
連れて歩く　アンダンテ・コン・モーー。
季節は春か秋だろう。
敦煌の町はもう過ぎたのか
それとも　これから近づくのか。

わたしはなぜか　駱駝の
岩乗な口のなかを思わずにいられない。
さきほど　駱駝は
沙漠の風に　鼻の孔を閉じ

長い睫毛で目玉をかばいながら
あの好物を視つめたのではないか。
一かたまりの蘇蘇草《スウスウツアオ》――
低い緑に這い繁り
周りに砂を小高く集め
根元の微かな穴に
黄色い小鼠　跳跳《チャオチャオ》を出入りさせて
こちらの食欲を刺戟する
またの名　駱駝草を。
そして　しこたま
その好物を食らったのではないか。
一かたまりの蘇蘇草――
いっぱいの細い棘が
口のなかを血だらけにしてくれる
いとしのアルカリ植物を。

血はもう　おさまっているだろうか。
左手で杖をつき
右手に握った手綱で
駱駝をひいて歩く男の
とんがり帽子の頭のなかに
女のことで傷ついて滲んだ
血はもう　おさまっているだろうか。
とにかく
河西走廊だろうと
タクラマカン沙漠のほとりだろうと
単調な道中　いちばんの閑つぶしは
知っている女の裸
知らない女のはだかを
ぼんやり思いつづけることだ。
孤独だろうと
キャラヴァンの一員だろうと。

そうだ　自動に近い
禁欲的な　アンダンテ・コン・モート
駱駝は
もじゃもじゃの毛を垂らした長い首を
まっすぐに立て

ついでに　尻尾も高く立てた。
二つの瘤のあいだには
素朴な木製の鞍が嵌められ
そのうえに載せられた荷袋は
左右にずしりと垂れている。
中味はなんだろう。
絹か　金か
宝石か　麝香か
それとも　幻術または曲芸の
奇妙な小道具一式か。
男は
無言の祈りをささげた。
商売で儲けるためである。
暴風や強盗などにぶつかった場合
最悪でも　命だけは助かるためである。
頭のうえに載せて歩く　その加護は
誰がさずけてくれるのだろう。
道教の元始天尊か
仏教の菩薩か
イスラム教のアラーか
それとも　拝火と鳥葬の
ザラスーストラ教　アフラ＝マズダか。

今　男と駱駝は
敦煌の近く　鳴沙《めいさ》山《ざん》の沙漠のなか
月牙《げつが》泉《せん》のほとりをたどっている。
不老長寿の水と呼ばれる
三日月形の泉。
乾いた大気が微かに動き
空の深い紺碧を　色濃く映す水に
歩行の辛苦の姿も
やさしげに浮かべられている。
ほとんど甘美な光景。

今　男と駱駝は
敦煌から遠くの　ことさらの名もない
ゴビのうえをたどっている。
砂と小石の　怖ろしい広漠。

ところどころに　白い粉が　のどかな
望みを拒むかのように　吹いている。
見ろ
前方遥かな蕭寥の地平線
そこに薄青の　横に長い湖が
ぽっかり浮かんでいるではないか。
蜃気楼は　やがてある瞬間
緑の樹木の群れに変わる。
しかし　この残酷に
男も　たぶん駱駝も
すっかり馴れてしまった。
むしろ　水への渇きを
幻の出現とともに抑えるほどだ。

古びて　薄汚れ
右下の角の表面など欠け落ち
まったくくすんでしまった　画像磚。
そこから抜けでて
男と駱駝は　ついに
わたしの胸という
日没のさなかの町に入ってくる。
唐の時代の長城の西の果て
それよりも　さらに遠い辺境から
うまずたゆまずつづけてきた
静かな　静かな
身すぎ世すぎの歩みを
わたしの疲れた日日の営みに
合わせようとするかのように。

穀物と女たち

天山南路のオアシス都市　吐魯番《トゥルファン》。
火州という元代の名をもつ。
今の市街の東にある阿斯塔那《アスターナ》古墓群は
南側が高昌古城　北側が火焔山で
玄奘や孫悟空を思いださせる。
その唐代の墓葬の闇から

そろって現われた
四個の女子泥俑の群。
今も　かの女たちは連繋して
穀物　たぶん小麦に加工しながら
おいしい食べものを作る仕事をしている。
そうだ　今も
世界で二番目に低いといわれ
風庫《フォンコウ》という綽名をもつ
吐魯番盆地の暑気と乾燥は
すさまじいかぎりだ。

わたしは幼いとき　旅順の博物館で
阿斯塔那からもたらされた
木乃伊《ミイラ》に驚愕した。

食べものを作っているのは
たぶん　漢族の若い女たち。
黒く高い頭巾
薄緑や茶の肩巾《ひれ》
黒と薄茶の縦縞や　灰色の無地の長い裾《もすそ》
そんな服装をしている。
どうやら　暑くはない季節だろう。
顔は白く塗られ
その眉間と両頬には
赤茶色で小さな円など
そんな化粧もしている。

おお　これは唐の時代の
長安や洛陽と同じ生活ではないか。
一人は立って　太い棒を
搗き臼にさして脱穀している。
一人は坐って　箕《み》をふるい
殻や塵などを除いている。
一人は立って　挽き臼を廻し
細かい粉にしている。
一人は坐って　麺棒で
捏ねた粉を平たく延ばしている。

幼いわたしにとって　世の中で
いちばん恐怖に満ちたものは
阿斯塔那から来た木乃伊であった。

異数の辺境のきびしさのなかで
四人は　まるで永遠につづく
日常の営みであるかのように
のんびり　共同の作業をしている。
頭を右や左に傾け
仲よく話しあっているのか。
小声で合唱しているのか。
それとも　黙ったまま
それぞれの思いに耽っているのか。
顔にかぶせる仮面ほどではないが
背部の粘土が
大きくそがれるように
手捏《てづくね》でこしらえられた
可憐な人形たち。

楽しむにしろ　倦むにしろ
また　和むにしろ　恨むにしろ
ゆるやかな　忘我に近い時間の流れだ。
対象のない　ふしぎな郷愁の
風もゆるやかに吹きぬける。
辺境における定住の
なんと安らぐ雰囲気だろう。
サラセンの脅威はないか？
今のところ　どうやら
戦乱の兆しは見えない。
その静謐が　かえって
懐かしくもロマンティックだ。

幼いわたしを　戦慄させた木乃伊が
もし　これら女子泥俑の
モデルの一人であったとしたら？

牡丹のなかの菩薩

杏園の春色も梢と更《た》けて曲池の賑ひも
少しく閑寂に帰る頃は、長安の市民は
牡丹の花に憧れて気もそぞろに、都を
挙げて花の噂に日を暮らした。
——石田幹之助『長安の春』

いちばん好きなのは　紅い牡丹の花
それも　満開のあでやかさより
蕾の裸のうらわかさ。
萼がすこしずつ反って離れ
蕾が開きはじめるときのやさしさ。
それは　まるで
いとしいものを載せた
慈母観音の手のようだ。

打明けた心のまことでありながら
深い謎のようにもひびく
こんな言葉を　わたしに残し
昨年の春
親しかった　あの
唐の若い僧侶は去った。
はるか南　民衆の塗炭のなかで
どこまでも行脚するため
長安の都の夢を捨てたのである。

ふしぎなえにしだ。
日本からの若い留学僧　わたしは
きょう　同じ慈恩寺《じおんじ》の庭で
白く大きな　満開の牡丹の花に
魅惑のまぼろしを感じた。
慈母観音ではないが　ある
失われた菩薩像の
ふくよかな　美しい顔。

それは白い光沢の大理石だ。
凝脂。

たえず滑る春の光。
眼まぐるしく　螺旋状に回転する
千重咲きの白い花びら。
三日月をくっきり描く　眉のしたでは
切長の眼が薄くあけられ
微笑みを浮かべたような　小さな口には
紅《べに》が点《さ》されている。

雄蕊は　黄色い葯を支えた細い花糸。
おびただしいその群れのなかで
花盤に包まれたまま
豊かに隆起している　雌蕊の子房。
そうだ
豊かな頬　二重の顎
白い大理石がなぜか　柔らかそうだ。
胸や腰や臀の肉置《ししおき》が
ふとひらめいて　すぐ逃げた。

緑の羽状複葉の　小葉の先には
三裂や五裂のふしぎな遊び。
整えられて波をうつ
総総《ふさふさ》の髪の正面には
金箔を貼った忍冬文《にんどうもん》の飾り。
大きすぎる耳の朶にも
同じく　インドふうに
金箔を貼った環の飾り。
白い大理石が　白い牡丹の
花のように匂いはじめた。
白い大理石に　当てられた鑿《のみ》が
薄い花びらを剥がす。
すっきりと　鑿で
彫りあげられた鼻。
そのうえの眉間の
白毫をかたどる円い粒さえ
真理のためではなく
慈悲のためでもなく
すでにして　美のためである。

わたしは　長安城の東南部にある
黄土の小丘　楽遊原《らくゆうげん》をさまよっている。
城内でいちばん高く
四方の眺望が美しい　行楽の場所。

楽遊《ラクイウ》ノ古園《コエン》　崒《タカ》クシテ森《モリ》ハ爽《サハ》ヤカ。
煙《ケムリ》ハ綿《ツラ》ナリ　碧《アオ》キ草《クサ》　萋萋《セイセイ》ト長《チャウ》ズ。

こんなふうに　杜甫も歌っている。
やはり　着飾った士女がのんびり
語らいながら歩いている。
しかし　なんという暗鬱だろう。
八年前　わたしが二十五歳のとき
今となっては　最後のものとも思われる
遣唐船でやってきてから
よく世話になった青龍寺《しょうりゅうじ》。
かつては空海も学んだ伽藍
もと　隋の霊感寺は
この楽遊原のうえで
堂も塔も　ほとんどすべて
破壊されつくしているのだ。

山河《サンガ》ハ　天眼《テンゲン》ノ裏《ウチ》ニシテ。
世界《セカイ》ハ　法身《ホッシン》ノ中《ナカ》ナリ。
佐《アヤ》シムコト莫《ナカ》レ　銷《キ》ユルハ炎熱《エンネツ》。
能《ヨ》ク生《ショウ》ズルハ　大地《ダイチ》ノ風《カゼ》ナルヲ。

こんなふうに　王維がある酷暑の夏
賞め讃えた寺院。
それが　なぜ
瓦や磚《れんが》の堆積となってしまったのか。
なぜ　こんな憎悪を
もろに受けねばならなかったのか。

会昌五年七月
というのは　昨年の夏のことだが
武宗は廃仏毀釈を断行した。
全国に吹き捲ったこの撲滅の嵐は

長安の場合でいえば
慈恩　薦福《せんぷく》　西明《さいみよう》　荘厳《しようごん》の四寺を除いて
僧寺と尼寺の合計百以上を　壊廃させた。
仏教だけではない。
景教も　祆《けん》教も　摩尼《マニ》教も
外来の宗教はすべて弾圧された。
風土にねざす道教の
道士観と女観だけが
身内のように保護された。

なるほど　仏教徒のあいだにも
怠惰や堕落や罪科が　いろいろあった。
また　衆生よりも政治の権力に結びつく
抜きがたい構造があった。
いや　わたし自身が
日本にいたときも　唐に来てからも
じつは　その現世《うつしよ》の姿に
懐疑し　ほとんど絶望していたのだ。
そのためもあって　厳密な意味では
わたしは仏教の信者でさえなかった。
しかし　唐の長安
胡人の言葉を借りるなら
タムガチの国　クムダンの城
そこに漂っていた
あの馨《かぐ》わしい風は
どこへ消えて行ったのか。
どこの外国人とも　心の喜びをかわした
あのすがすがしい空気
懐疑し　ほとんど絶望していたわたしが
槐樹や揚柳の並木の町を歩きながら
なお快く呼吸していた
あの開かれた精神の雰囲気は
どこへ消えて行ったのか。

そうだ
安国寺に置かれていた　魅惑の
あの白い大理石の菩薩像は
どこへ消えて行ったのか。

それは　粉粉に砕かれてしまったのか
別のものに　彫り直されているのか
それとも　秘密の永い土のなかに
隠匿されてしまったのか。
長安城の東北部にあった安国寺も
すでに地上に姿がない。

菩薩は男か　女か　無性か
なんともふしぎな存在である。
ただ　わたしにとって
あの白い大理石の菩薩像の
ふくよかな顔は
女であるより　美そのものであった。
仏教を見捨てようとしていたわたし
生きることに　元気が
まったくなくなりかけていたわたし
そんな人間に
現世を愛するための唯一の通路は
真理ではなく
慈悲でもなく
ほかならぬ美であるということを
あの顔は教えてくれたのであった。
白く大きな　満開の牡丹の花に
その魅惑のまぼろしを
わたしはきょう　生き生きと感じた。
幻影となることによって
美は確実なものとなる。

わたしは還俗《げんぞく》を命じられている。
わたしはやがて　故国へ
なにかの船で強制送還されるだろう。
今は無為と放心の
奇妙な仮の生活である。
好天の午後の
この黄土の小さな丘からは
とにかく　周囲がよく眺望される。
慈恩寺の大雁塔も
薦福寺の小雁塔も

杜甫が親しんだ曲江も
あるいは　城外はるか
沃野をつらぬく渭水《いすい》も
王維が住みついた終南山の麓も
すべて　のどかな春色のなかで
ひとときの午睡を楽しんでいる。
廃仏毀釈の激震があったとは
信じがたい遠景ではないか。
こうした自然や建物を　わたしはすでに
日本に戻った思い出の眼で
むさぼるように視つめているのだ。

唐の南部へ行脚に出かけた
あの懐かしい僧侶とは
もう逢うことはあるまい。
南地で牡丹は植えにくいというが
かれは時代を知っていたのだ。
かれは民衆のなかに
新しい仏教を見いだすだろうか。

おお　ここはなお長安
牡丹のなかの菩薩の日。
わたしの胸のなかに　はじめて
仏教への孤独な憧れ
錯誤かもしれない涅槃への
溺死を怖れぬ情熱が
微かに　芽生えてきたようだ。

銀の薫球

飛ぶ鳥のように
あらゆる方向感覚を
味わいつくしてみたくなり
葡萄の蔓は　その細く柔らかな
巻鬚もある尖端を
狂ったように
空中へ跳ねあがらせた。
蔓の夢は伸びに伸びて

空中にありもしない
ひとつの球体にからみつき
どこまでもうねりくねって
その滑らかな球面を
ある日　ついに
這いつくしてしまったのだ。

月光の室内に　自分の鎖で
吊された銀の薫球。
球面の透かし彫りは
あの　葡萄の蔓の情熱である。
飛ぶ鳥をともなって
今はすっきり涼しげに
刈り込まれた唐草模様。
上下の半球が　蝶番《ちょうつがい》と留金で
合わされた薫球の内部には
地震でも傾がない
金の円い香盂《こうう》がある。
そこで焚かれた麝香の煙は
あらゆる方向感覚を
夢みた凍えの
透かし彫りの隙間を通り
恋の心をくすぐるのである。

絹の白粉袋

タクラマカンの沙漠から現われた
たぶん紀元すこし前の
緑の銹の　逞ましい青銅の弩機《どき》には
べつに驚かなかったが
たぶん紀元すこし後の
古ぼけた小さな　絹の白粉袋《おしろいぶくろ》には
虚をつかれた。
こんなはかない日常の品が
いつまでも秘められていたとは！
おまけに　袋の表の白い絹には

時間をかけてこまやかな
夢を見る飾りがあった。
緋や紅《くれない》や藍や緑や黄の　絹糸で
沙漠のうえを流れる雲が
すっきり刺繡されているのだ。
そして　袋のふちの
大きすぎる蔕《へた》のような
白い絹の飾り裂《ぎれ》は
裏に　紅の紗羅が合わされ
そこでは　愛の波紋が
菱形にちりばめられているのだ。

顔の化粧品を容れるものを
化粧する女ごころは
どこまで　人間の過去に溯れるか？
ある夫妻が木乃伊《ミイラ》化した
合葬墓の乾燥から
踊りでた白粉袋が
こんな奇問を生きさせる。

尼雅《ニヤ》
三世紀後半に捨てられたという
オアシスの集落。

唐三彩の白馬

八世紀の前半
長安城の西の郊外　南何村に
造られたある武将の墓。
そのなかの闇に　じつに長いあいだ
天災や戦乱を越えて　守られていた
きらびやかな三彩の白馬。
おまえは　二十世紀の後半
この　変転する明るい地上に
また　招かれてきたのであった。
おお　むしろ耽美の玩具。
古ぼけ果てたはずのおまえが　なぜか

わたしには眩しい。
頽廃におちいる　ほんのすこし手前で
馬の化粧と装飾が
こんなにも　雅びなものであったとは！

白い皮膚が若若しく張りつめた馬は
もたげた頭をやや左に傾け
四本の足でまっすぐ立っている。
頭から頬や鼻や口にかけては
杏葉《ぎょうよう》の飾りもある　藍と黄の面繫《おもがい》。
口が嚼《か》むのは黄色い勒《くつわ》。
眼は白のまま色を加えず
形よく　優しく　暗示的だ。
金茶の髪は
鬣《たてがみ》が　ササン朝ペルシャふうに
くっきりと　三花《サンホワ》に翦りそろえられ
前髪が　両耳のあいだに立って
さらにその前で左右に分かれている。
首飾りあるいは胸飾りは
黄の鈴などがついた緑の革の帯。
背中の鞍に掛けられた　緑の障泥《あおり》は
左右に長く垂れさがっている。
尻を大きくおおうのは　藍と黄
杏葉の飾りも多い　革の帯の組合わせ。
尻尾は短く　白のまま
中程で辮《あ》まれ　先が立つ。

輦前《レンゼン》ノ才人《サイジン》　弓箭《キユウセン》ヲ帯《オ》ビ。
白馬《ハクバ》　嚼齧《シヤクゲツ》ス　黄金《ワウゴン》ノ勒《ロク》。
身《ミ》ヲ翻《ヒルガヘ》シ　天《テン》ニ向《ム》キ　雲《クモ》ヲ仰射《ギヤウシヤ》ス。
一箭《イツセン》ニシテ　正《マサ》ニ堕《オ》ツ　雙飛《サウヒ》ノ翼《ツバサ》。

わたしはふと　こんなふうに
黄金の勒《くつわ》の白馬への
杜甫の追憶の眼差しをなぞってみる。
曲江のほとりを潜行するかれは
玄宗と揚貴妃が訪れた日の
芙蓉苑を心に描き

声を吞んで　泣くのである。
あの花やかな唐の文華は
どこへ消えて行ったのか。
今　細柳新蒲は春を告げているが
長安城は安禄山の兵で　いや
その息子安慶緒の兵で　いっぱいなのだ。
玄宗は遠く蜀の成都に逃れて
まったく消息がなく
その逃避行の途次
馬嵬《ばかい》の路傍の仏堂で
部下に縊り殺された楊貴妃の遊魂は
なおも宙に迷っている。

人生《ジンセイ》　情有《ジヤウア》リ　涙《ナミダ》　臆《ムネ》ヲ沾《ウルホ》ス。
江水江花《カウスヰカウクワ》　豈《アニ》　終《ツヒ》ニ極《キハ》マランヤ。
黄昏《クワウコン》　胡騎《コキ》　塵《チリ》　城《シロ》ニ満《ミ》ツ。
城南《ジヤウナン》ニ住《ユ》カント欲《ホツ》シテ　城北《ジヤウホク》ヲ忘《ワス》ル。

そのとき　杜甫は四十六歳であった。

前年の夏
唐復興の残された希望　粛宗のいる
霊武におもむくところを捕えられ
長安に閉じこめられていた。
唐軍は　長安の西およそ百五十キロ
鳳翔まで進んできていた。
杜甫は　城外への脱出の機会を
密かに　熱烈に　うかがっていたのだ。

三彩の白馬よ
瀟洒の果ての馬の夢よ。
おまえは　なるほど
戦塵がふさわしい胡騎における
賤しい　あるいは　荒荒しい馬ではない。
しかし　わたしが耳を澄ますと
おまえの姿態をめぐる血に
黄河の黄土色のうねりと
天山の雪解けのしたたりが
ともに微かに

谺しているのが聞こえてくる。

それは　おまえの享受する爽快の
過去における必然のあかし。
そして　おまえの遺伝する剛勇の
未来における可能のきざし。
おお　優美な白馬よ
野生をかくす
現在のひとつの偶然よ。
わたしははじめて肉眼で
盛唐の爛熟の
生生しくもはかなげな
匂いを嗅いだ。

駱駝のうえの音楽

唐三彩のこの駱駝が　すっくと立つのは
タクラマカンの沙漠ではなく
国際都市　長安のにぎやかな町。

どでかいこの　薄茶の皮膚の両峰駝《りょうほうだ》が
空へ首を　垂直ぎりぎりに反らせ
刈りあげられた鬣《たてがみ》や
咽喉から胸へのながい毛を
もじゃもじゃと濃い茶に垂らし
夢みるように載せているのは
白玉でも　香料でも
絹でも　鉄でも　金でもない。
それは緑　白　茶　黄　藍の
縞の絨毯でおおった　小さな舞台。
そのうえに集った
白く柔らかな頭巾の五人
緑か藍か茶の胡服の
楽士たち。

真中に立ち　今にも踊りだしそうな
恰好で歌うのは

深眼高鼻　有髯の　たぶんイラン人。
その周り　背中あわせに腰をかけ
ペルシャの四絃琵琶で
また　今は欠け落ちている
篳篥《ひちりき》　拍鼓《はくこ》　銅鈸《どうばち》　らしい楽器で
いっしんに合奏するのは
漢人とイラン人　二人ずつか。
駝馬は　オアシスの水を呑むように
耳　眼　鼻　肛門で
また　隠れている二つの瘤で
つまり全身で
ごくごくと音楽を呑んでいる。

唐三彩に封泥された　この
楽しげな連中による　たぶん
西域の音楽——
八世紀前半の長安の
市井のひとつの喜びに
わたしはじっと耳を澄ます。

しかし　どんな恋の唄も
どんな鳥も　馬も
どんなドデカフォニーも聞こえてこない。

そこで　わたしは思いだすのだ
河隴《かろう》におもむく顔真卿《がんしんけい》の
出発をいとおしむため
長安にあって西域の憂愁を歌う
岑参《しんしん》の遥望を。

君聞《キミキ》カズヤ　胡笳《コカ》ノ聲《コヱ》　最《モット》モ悲《カナ》シキヲ。
紫髯緑眼《シゼンリヨクガン》　胡《コ》人《ジン》吹《フ》ク。
之《コレ》ヲ吹《フ》クコト一曲《イッキョク》　猶未《ナホイマ》ダ了《オハ》ラザルニ
愁殺《シウサツ》ス　樓蘭征戍《ロウランセイジュ》ノ兒《ジ》。

そしてまた　思いだすのだ
俗楽も胡楽も好きな玄宗の
宮中の行楽を詠じるため
楽器の生動をくっきりと描きわける

李白の奔放を。

煙花《エンクワ》ハ　落日《ラクジツ》ニ宜《ヨロ》シク
絲管《シクワン》ハ　春風《シュンプウ》ニ酔《エ》フ。
笛《フエ》ヲ奏《ソウ》スレバ　龍《リョウ》ハ水《ミヅ》ニ鳴《ナ》キ
簫《セウ》ヲ吟《ギン》ズレバ　鳳《ホウ》ハ空《ソラ》ヲ下《クダ》ル。

これら二つの情緒が交差するやっとこで
唐三彩が秘める
音楽の尻尾の先でも挟めないか？
おお　鑑賞の回廊での
馬鹿げた観念のあそび。

そうだ　それより
大地が　大事だ
李白の別の言葉を借りるなら
青綺門では　胡姫が白い手で招き
客を延《ひ》いて　金の樽に酔わせる
そんなふうに　異民族もいる
長安の市井である。
その一角に突っ立って
大きな口を固く閉じ
空へ首を　垂直ぎりぎりに反らせた
沙漠の天使　駱駝のうえに
氷る音楽である。

いつかわたしが　この古い都の
千三百年ほども経った
新しい通りを歩くかもしれない日
夜　ホテルに泊ったわたし日本人の
深い疲労の眠りのなかで
その沈黙の音楽は
やっと溶けはじめるかもしれない。
それも　遥かに遠い過去の
声や音としてではなく
わたしを初めて
そして優しく迎えてくれる
樹や建物の匂いとして

空や雲や衣裳の色として
湯ざましや饅頭《マントウ》の味として
あるいは
戦争の傷をおおう
歴史の流れの　甘く沁みる時間として。

（『駱駝のうえの音楽』一九八〇年青土社刊）

散文詩集〈夢のソナチネ〉から

青と白

机のうえのガラス板のうえに、真白に光る矩形の洋紙が一枚、横長にきちんとおかれている。まるで、升目も罫線もない大判の原稿用紙が一枚、誰かによって、もしかしたらわたしの記憶にはないわたし自身によって、いつのまにか用意されていたかのようだ。わたしはその洋紙の形と色になんとなく期待していたとおりのものを感じ、また、あらためてすこしばかり刺戟されてもいる。この端正な空白の平面になら思いきり書き込めそうだ、というわけである。わたしの右手が持つ万年筆の先が、まさにその洋紙の右上の隅に触れようとしている。

自分の狭苦しい物書き部屋で、回転椅子に坐って机に向かっているわたしは、なにかを書きたいという激しい欲求につらぬかれているのである。しかし、いつまで経っても、頭のなかには、書きたいことがすこしも具体的には浮かんでこないのだ。書きたいものの種類が、物語なのか、日記なのか、それとも手紙なのか、そうした区別もまたさっぱりわからない。もしかしたら、自分は書くことを無意識のうちに強く拒んでいる、というまったく予期しなかったことを、わたしはやがて文字によって曝くことになるのだろうか?

見ろ。万年筆のペン先に滲みでているインクの量が、すこしずつ、すこしずつ増え、今やペン先の尖端に青く小さな球体がぶらさがろうとしている。わたしはそれがなにかにとても似ていると感じる。燃えつきようとする線香花火の、微かにふるえる最後の火の玉。もしそれが白紙のうえにぽたりと落ちて、青い火事が起きたら、わたしの長い沈黙の負けだ、とわたしは理由もなくそう思う。

わたしはあわてて、万年筆の先を天井に向ける。すると、いったい、誰の仕掛けた手品か、青いインクの玉が、まるでシャボン玉の極小の粒のように、室内の空中へふわりと飛び出た。それも、一つだけではない。あとのものは準備の時間をかけず、ペン先の尖端からいきなりシャボン玉の極小の粒の形であらわれたが、二つ、三つ、四つ、五つ……とつづいて空中へ軽やかに飛び出た。そして、これらのインクの玉は、やがてひとつひとつが淡く青い雲にふくらみ、これ以上ないほど静かに凪いだ純白の海のうえに、美しく浮かんだのである。

おお、初めて眼にする青と白逆転のこのふしぎな光景。わたしはその魅力にただうっとりとするばかりで、ほかのことはすっかり忘れてしまっていた。

便器と包丁

わたしは二十六歳から四十一歳にいたる十六年間、(三十一歳における半年ほどのある映画会社への転出をのぞくと)、プロ野球の日本野球連盟ついでセントラル野球連盟の事務局に勤めた。担当した仕事は、ペナント・レースの日程編成そのほかであった。その間、事務局は東京におけるその所在の場所を三回変えた。木挽町(のちに銀座四丁目の一部になった)から大手町へ、そこから銀座五丁目へ、さらにそこから銀座六丁目へと、あまりぱっとしないビルの貸室を転転としたのである。連盟事務局の経費は、連盟を構成する球団の興行収入から出るので、贅沢なところには住めなかった。

わたしの頭のなかには、その三回の引越しの日のいろいろな情景がまだ鮮やかに残っている。別れる古い部屋への、やはり名残り惜しい、しんみりとした気分。あるいは、新しく入る部屋への、なんとなくいいことがあるように期待している、やや浮き浮きした気分。そうした心の傾きが、それらの日のいくつかの情景に深く沁みとおっていたのだろう。

たとえば、通い馴れた建物のかたわらに立って引越しのトラックがくるのを待つあいだ、所在なさに、荷造りしたわたし個人の箱のなかから、数年前に来日した大リーガー、ジョー・ディマジオからサインしてもらったボールを取りだし、それで同僚と素手のキャッチボールをし、それをうっかり歩道から車道にころがして水溜りで汚し、せっかくの記念のボールをなかば台なしにしてしまったことがあった。

また、別の引越しで荷造りしているとき、キャビネットの隅に、何年も前に誰かが置き忘れたらしい上等のウィスキーの瓶の新聞包みを見つけたことがあった。引越し先の新しい部屋で荷物がすっかりかたづいたとき、すでにシーズン・オフの一日でもあったし、数人の同僚とその舶来のウィスキーの瓶を乾した。わたしは酒に弱いので、すぐ酔ってしまった。そして、いわば手すさびに近くの電話で、あるスポーツ新聞の番号を廻し、（わたしはそのころ関係先の電話番号を三十あまり暗記していた）、出てきた声なじみの電話交換嬢に、下手なシャンソンのひとふしを聞かせ、おおいに笑わせたのであった。翌日わたしがそのことを深く後悔したのは言うまでもない。

ところで、わたしがなぜかすっかり忘れてしまっていたもう一つの引越しがあったのだ。それが何回目の引越しに当るのか、また、新しい場所が銀座にあるのかそれ以外の町にあるのか、そういったことはさっぱりわからないが、とにかく、今わたしが立っているビルの内部の一劃はたいへん綺麗で、新築の出来たてほやほやである。

部屋のまんなかに立っているわたしの眼に、塗られたばかりのベージュ色がおだやかな無垢の壁や、緑色で滑らかなリノリュームの無傷の床が、なんとも初初しく映るのである。また、眼には見えていないが、細長い五階建てで屋上が砂利の庭になっているビルの、外側の壁にアイヴォリー・ホワイトの新鮮なタイルが貼られ、道路に面した各階のたいへん大きな窓のいれたばかりのガラスに日光がきらきら光っていることを、わたしはよく知っているのである。

そうだ、こんな瀟洒な、こんな快適な部屋に引越したこともあったのだなあ、とわたしは甦った思い出にすこしばかり感動する。それにしても、どうして、こんな素敵な場所のことを忘れていたのだろうか？　もしかしたら、ここには数日間しか、あるいは数週間しかいなかったのだろうか？

わたしの同僚はみな、新しい部屋に荷物をおろしたまま、元の部屋にまだ残っている荷物を取りに行ったのだろう。わたしのほかここには誰もいない。わたしは新しい環境がたいへん気に入って、部屋の壁や床をぼんやり眺めつづけ、仲間が出かけて行く姿に気がつかなかったのだ。それで今、ひとりぼっちで突っ立っているのだ。

わたしも五階のこの部屋を出て、きょうまで事務局があったビルに行こうと思った。ところが、ドアを開いて廊下に出てみると、自動エレヴェーターがどこの階にいるかを示す明かりが消えている。故障になったのだと思った。わたしは階段を降りて行くことにした。すると、尿意を覚えた。各階にトイレが一つずつあるはずだ。四階を経て三階まで降りたとき、トイレに行くことにした。四階と三階はがらあきだ。まだ借手がどの部屋にもついていないようである。

わたしはトイレのドアを開いた。狭い場所に洋式の腰掛け式便器が一つだけ置かれている。すべては真新しく、清潔そのものだ。まだ、便所という感じがしない。設置したばかりの洒落た電話ボックスにでも入ったような、すがすがしい気分である。小窓からは明るい外光が入っている。わたしは便器の蓋をあけた。

そこでわたしは仰天したのである。真白の陶器が澄みきった水をいくらか湛えているが、そこには異様なものが沈んでいるのだ。包丁である！　刃のところが冴えた銀色に鋭く光り、柄の白木がまた眩しいような、新品そのものの菜切り包丁である。これはいったいどうしたのだ？

わたしの仰天は二つの思いに分裂していた。一つは恐怖である。わたしの下腹部に密かに擬せられていたかのような包丁。それはペニスあるいはホーデンの切断という脅しをかけているのではないか？　いったい、誰がこんな悪質な仕掛けをしたのだろう？　それとも、もしかしたら、なにかのまったく偶然のできごとなのだろうか？　わたしの尿意はとたんに消えてしまった。いや、強く抑えられてしまった。

二つに分裂した思いのうちのもう一つのものは、審美的な感嘆である。どちらもまっさらのものである便器と包丁が、澄みきった水によって結びつけられるという奇妙な組合せに、ある緊張の魅惑を覚えたのである。それを一つの美、一つの歪んだ美と呼ぶことは、滑稽だろうか？

わたしは便器の蓋をあけたままにしてトイレを出た。階段によって二階に降り、さらに一階に降りた。そして、外に出た。すると、そこは通りではなく、今離れたばかりの五階建てのビルの、屋上の砂利の庭であった。周囲に眺められる、より高いいくつものビル。そして、その背後の青空。

記念写真

戦後まだ数年しか経っていないような、つまり、大衆の生活の困窮の度合いがまだ素朴にざらざらしているような、東京のそんな雰囲気である。寂しい秋の晴天の午後で、空気は澄んでいる。

わたしは風邪でもひいたのか、それともずる休みをしたのか、とにかく昼寝していたのであった。間借りで五帖半という変わった形の部屋。今はほかに誰もいない。大きいが古びた木造二階建の家。二十年ほど前、赤坂に立っていた家をそのまま世田谷に引越しさせたものだという。わたしのいる部屋は二階にあり北向きで、窓のしたは土と砂利の道路である。

　銀座にある私の勤務先の同僚がその道路に立って、わたしの名を呼んだのである。わたしは休んでいたので、なにか重大なことでも起こったのかと心配になった。しかし、仕事に直接かかわることではなく、また、困惑することでもなかった。ここからすぐ近くの小学校の校庭で、プロ野球ペナント・レースの優勝ティームが記念写真を撮るから、そのなかにいっしょに入って写してもらおうじゃないか、すぐ来いというのである。後楽園スタヂアムでもなく、神宮球場でもなく、日本一となったプロ野球のティームがなぜわざわざ都心から遠い小学校の校庭までやってきて、優勝の記念写真を撮るのか、わたしはそのことを少しもふしぎに思わなかった。わたしはプロ野球の連盟事務局に勤務しており、たまたまティームが世田谷にやってきたついでに仲間として誘ってくれたのだな、としか思わなかった。その親切な誘いを喜び、すぐ出かけることにした。

　わたしは慌てて階下に駈け降り、洗面所で石鹼をつかってていねいに顔を洗った。写真を撮るなら、やはりよく写りたかったからだ。洗ってから鏡を見た。そこでわたしはぞっとした。一つ目小僧が映っているのである。わたしはいつのまに一つ目になったのだろう？　その目は眉間のところにあり、大きい。驚きと怖れでぞっとしたわたしは、しかし、鏡のなかの一つ目をじっと視つめているうちに、これはまたこれで可愛いじゃないかと感じた。寂しそうなところがあるとも思った。わたしはナルシシスムの徒であろうか？

　それでもやはり、一つ目で写真を撮ってもらうのはまずい。わたしはもう一度顔をよく洗うことにした。そして鏡を見てみた。今度は無事二つ目に戻っていた。ただし、右の眼の瞼が赤くはれあがっている。麦粒腫でもできたのだろうか？　これも写真を撮ってもらうにはまずい。そこでわたしは、さらにもう一度顔をよく洗った。そして鏡を見てみた。やっと、ふつうの二つの眼に戻っていた。

　わたしは玄関を飛びだし、家の横の坂道を駈足で降りはじめた。ずっと向こうに小学校のグラウンドが見える。なるほど、ユニフォームを着た野球のティームと背広を着た何人かが、グラウンドの一隅に立っている。おかしなことに、一枚のじつに大きい透明なビニールを、みなで頭からかぶっている。風が出てきたので、埃をよけるためだろうとわたしは想像した。こんなふうに駈足で行けば、撮影には滑り込みでセーフになるだろうと考えたとき、わたしは自分がシャツとズボン下だけで、おまけに跣であることに気づいた。なんという間抜けだろうと、自分が腹立たしくなった。わたしは立ちどまり、これからまた家に戻り、服装を整えてこようかと考えた。しかし、そうすればもう撮影には間にあいそうになかった。とにかく、三べんもていねいに顔を洗ったので、そこで時間をかなり使っているのだ。わたしは坂道の途中でぼんやり立ったまま、小学校の校庭の様子を眺めていた。みなでかぶっていたビニールがはずされ、カメラマンが土のうえに据えつけた三脚架のうえの写真機でパチパチと撮影した。

わたしはそれまで見とどけて、廻れ右をした。不意に、跣の足の裏に小石の痛みを感じた。

船が飛ぶ

一万トンはありそうな大きい旅客船に、わたしは乗っている。しかし、自分がどんな目的で船に乗っているかについて、また、今走っている水の上が地理上なんという名前のところであるかについて、まったくなにもわかっていない。とにかくわたしは、船がかなりのスピードで進んでいるこの穏やかな水面が、海ではなく、どう眺めても湖としか思われないということに、いささか驚いている。そのことは、なんとも不自然な感じがするのである。たとえば、湖面の広さにたいし、堂堂とした旅客船の図体はやや不恰好なほど大きすぎるだろう。

船の上の遊歩場でもある後尾のデッキには、自分のほかにまるで人影がないが、その爽やかな場所をうろつきながら、わたしは周囲の光景をふしぎそうに眺めている。どちらの方角に顔を向けても、水平線は見えず、岸辺がそれほど遠くもないところに浮かんでいるのである。今、船は、湖のほぼまんなかにいるのだろうか。前後左右どちらの岸辺へ向かっても、二キロメートルぐらいの距離であるように思われる。岸辺には人家がなく、さびしげな緑の雑草が、ぼうぼうと長く生い茂っているだけだ。そして、そのところどころから、褐色の岩がのぞいているだけだ。それらの岩は、蹲っているのもいれば二本の足で立ちあがっているのもいる、奇怪な野獣たちの散在のように、わたしの眼にふと見える。

この湖はあの湖とははっきりちがう、とわたしは思った。「あの湖」とは、わたしの住居のすぐ近くにある人造湖のことである。わたしは日頃、その堤防などをときどき散歩している。もしその人造湖の中で船に乗っているとすれば、湖の形や大きさがちがうことは別としても、長い堤防のほかに、緑色のドームをのせた取水塔がすぐ眼につくはずであるし、土の岸辺には桜や松などの樹木が多く、その中にはずいぶん丈の高いヒマラヤ杉も混じっていることが、やはりすぐ眼につくはずである。

今、船に乗って走っているこの見知らぬ湖。旅行で移動中とも、滞在で遊覧中とも、なんともわからぬこのへんてこな体験。わたしは自分の状況にたいし、すでに好奇の心が深まっているのを覚えているが、どういうわけか、不安の念はほとんど覚えていない。わたしは生来の心配性であり、このような場合の反応として、不安にほとんど犯されていないのはまことに珍しいことである。

空はすっかり晴れあがっており、太陽がたいへん眩しい。青空において、太陽からかなり離れたあたりでも、じっと視つめている気持になれない。そうしていると、瞼のうえで光がなんとなく重たくなってくるように感じられるのである。午後二時ぐらいだろうか。湖面にささやかながらも立っている波を見れば、風もいくらか吹いているはずであるが、わたしの額や頬には、それが直接には感じられない。季節は秋もなかば過ぎのような感じである。太陽は燦然と輝いているが、湖上は温かいというよりは涼しい。

旅客船は直進し、岸辺にしだいに近づいている。わたしはいつのまにか船首のデッキに立っている。そこもやはり、自分のほかに人影がない。わたしはじっと前方を視つめる。船はこのまま止まらずに突っ込んで行きそうである。真向かいの岸辺には、今まで気づかなかったのか、それとも不意に現われたのか、一番大型のダンプカーほどもある巨大な岩が、その険しい頭部を湖のほうへ斜めに突きだしている。そうだ、船首はあの岩に激突するのではないか、とわたしは、とたんにそのありさまを想像した。わたしは恐怖を覚えた。自分の状況にたいして抱いていた深い好奇心がほとんど消え、そのかわりに、ごく微かであった不安の念が、いっぺんに鋭い恐怖に変わってしまったのである。心臓がいつのまにかどきどきしている。

そのときなんと、旅客船が空中に躍りあがった。今までの進行方向の斜め上へ、まるで飛魚のように颯爽と飛びはじめたのである。船腹からはたぶん、後方の斜め下へ、湖の水が滴り散っていることだろう。わたしはこの奇妙きてれつな出来事に、まったく呆気にとられた。しかし、おかげで、船と岩の激突の想像から生じたぞっとする恐怖の思いは、すっかり消え失せてしまった。それにしても、この船はいったいどこへ飛んで行こうとするのだろう? わたしは船首の手すりに、必死になってつかまりながら、下の方を眺めた。なんという光景だろう。翼もないくせに、峨峨たる山脈の上を悠悠と飛行しているではないか。こうなると、今まで船が航行していた湖は、遥か後方のある山のてっぺんにあったものだということになるのか?

旅客船の進行方向には、ほぼ一直線になって連峰がそびえている。いくらか先のある山の頂上が湖になっているのが見える。わたしには、船が渡り鳥のようにまたあの湖に降りて、水につかりながらいっしんに走るだろうということが、なぜか予めわかってしまった。

実際にそうなったとき、わたしは湖のまわりの風景が前回とたいへんよく似ているのを、へんな懐かしさをもって眺めた。岸辺には、さびしげな緑の雑草がぼうぼうと長く生い茂り、そのところどころにやはり、褐色の岩の奇怪な野獣が息づいている。ただし、前回において、船首と激突するだろうと思われたところの、一番大型のダンプカーほどもあったあの巨大な岩、それに相当するものはどこにも見あたらない。

今度は、湖に着水してごく短い時間走っただけで、旅客船はふたたび空中に飛び立った。ところが、またなんということだろう、その一瞬、わたしは船から消えてしまったのである。といってもべつに、なんらかの心の衝動によって湖へ飛び降り自殺をしたわけではないし、また、手すりから身を乗り出しすぎるなどして、あやまって湖に転落し、溺死したわけでもない。

わたしは暗い映画館の座席に落着いて、ドキュメンタリー映画の興味津津たるシーンでも眺めるように、横長の短形の画面におさまった旅客船の動きを、遠くから喰い入るように眺めているのである。自分がなぜここに位置しているかについて、なんの不審も覚えていない。船はやはり船腹から湖の水を滴り散らせながら、空中に舞いあがり、連峰の上を悠悠と飛んで行く。その動きは遥かに小さい。船は画面の左の方から右の方へと飛んでいる。連峰のどこかのてっぺんに着水すべき第三の湖を、まだ見つけてはいないようである。画面の右上方の隅では、午後の太陽が、生卵の黄味のように鮮やかに輝いている。

旅客船はたぶん、西へ、西へと向かっているのだろう。まるで遠い西の方に、なにかめっぽうすてきなことが待っていてくれるかのように。

足で弾くピアノ

二本の足でピアノを弾くなんて！

わたしは初めて聞く奇妙な音楽に耳をそばだてた。それは単調でありながらぎくしゃくとした行進曲のようにひびくが、どことなくエロティックな感じである。ただし、そう感じるのは、もしかしたら聴覚よりも視覚によるのかもしれない。

というのは、両足の指でピアノを弾くというよりは、その鍵盤をまるで別の打楽器のように叩いており、両足を上下させたり、思いきり横に開いたり、密着させるように閉じたり、あるいは交叉させたりする動きが、どうしようもなくエロティックなのである。それは女性の美しい素足で、活潑な動きはハイティーンを想像させるが、それを支えている逞しい臀は、むしろ二十代後半か三十代前半を想像させる。そんなちぐはぐな色の白さである。

その両足は、きれいな襖障子を破って突き出されているのである。びりびりと破られた唐紙の部分には、牡丹かなにかの花が描かれていたのだろう。そんなふうに乱れた無残な色どりがある。襖障子の向こう側はどんなふうなっているのか？　日本間の座敷か、押入れか、それとも別のものか、なんともわからない。ただ、そこにはピアノの鍵盤と同じくらいの高さの寝台かなにかの台があり、そのうえにこのふしぎな女性が仰向けになって寝ているか、あるいは、やはり同じくらいの高さの椅子かなにか坐るのに適当なものがあり、そこに腰をかけているのか、この二つのどちらかではないかといったことが、漠然と想像される。

こちら側から見えるのは、二本の生き生きとした素足と、パンティをはいてふっくらしているふだんは秘密の部分だけである。スカートはたぶん、襖障子の破れ目にさえぎられて、向こう側にめくりこまれているのだろう。ひきしまって滑らかな白い皮膚がまぶしい。二本の足はなおピアノを弾きつづけているが、いや、打楽器のように叩きつづけているが、いつのまにか、その動きはそれなりにゆるやかで優雅なものに変わっており、音曲もまた変わっている。遠い日になにかの映画で聞いたことがあるような、ものうく悲しげな、とぎれとぎれのワルツだ。

この女性はどんな顔をしているのか？　まるで見当がつかない。わたしが知っているひとかどうか、それもまるでわからない。しかし、わたしはこのまま見捨てて行くことができない。花模様のパンティのうえから、それがかくしている可憐な未来への入口に、わたしはそっと左の手のひらをあてた。わたしが立ち去るしるしに、その小高く円い競技場をおおうようなかたちで、触れるか触れないかぐらいに、そっとあてた。すると、手のひらの皮膚が、不意に熱くなってきた。

二本の足でピアノを弾くなんて！

（『夢のソナチネ』一九八一年集英社刊）

詩集〈西へ〉から

西へ

緑　赤　そして黄と
郊外の雑木の森の
それぞれにやわらかい　木の葉の色が
遠い記憶の　なにかの絵のように
夕日を浴び
こんもり　混じりあっている。
打ちひしがれたわたしの
そんなぐあいに　絞られた
ほとんどの放心。

都心のある葬儀の列から
ひとり帰宅する
がら空きの　電車のなかで
ひろがる疲労のために
親しくせまい　窓の枠。
柩の死者に
花花が似合ったように
帰途の悲しみには
森の眺めが似合うのか？

それにしても　窓の
枠が切り取る　喪の風景に
なぜ　生活する
人影があってはならないか？
まるで　過去の物語が
まだ始まっていないかのように？

雑木の森の丘の裾を
捲くるように走りつづける
四輌連結の　秋の風。
ぐぐぐぐと
その巨大な昆虫の胴体は
わたしのほとんどの　放心もろとも

約九十度　左へ曲がった。
なんと　そのとき
くりかえしの　日常の忘却へ
落ちこぼれようとする太陽が
進行方向のどまんなかに
ぴたりと　位置したのである。

一瞬　赤っぽい　すさまじい明るさが
長く空洞をつらぬいた。
先頭のガラス窓
という閉じられた口から侵入し
後尾のガラス窓
という閉じられた肛門を通過して
おお　眩暈にも似た
日光の　別れの洪水。
沈もうとする
絶遠絶大の　花火の球の輝きを
体いっぱい　ほんのりと
暖かく浴びることは

かすかな幸福にさえ　似ていたか？

慌てた電車は
束の間の　めくるめく落日へ
ひたすら突入しようとし
生物の　憧れの加速度を
ぐんと増した。
崇められた　偶然の
異性に向かうかのように
しかしまた　必然の
火葬の扉に向かうかのように。

わたしの行先　あるいは戻る先は
どこであったか？
ささやかな生活の地理が
頭上の網棚に
ふと失われかけたが
きしむレールが　今度は
すこし右へ曲って

わたしの内臓をもつらぬく
過剰の日光は　不意に消えた。
窓の枠が　また気になる。
喪の森の　風景のつづきが
人家や病院のある　新しい
懐かしさ
穏やかさの眺めになっている。

空耳か　ヒマラヤ杉を
めぐって飛ぶ　数羽の小鳥の
季節を告げて鳴く声が
遠くから聞こえた。
おお
湖のほとりの嬰児。

段丘の空

一九七八年四月二十八日に岡鹿之助は七十九歳の生涯を閉じた。そのとき、上野の東京都美術館における春陽展に、かれの最後の作品『段丘』が掛けられていた。訃報によって、額縁に喪章の黒いリボンがつけられた。

訪れたわたしの眼を戸惑わせる
この　花やかな明るさの
段丘の眺めはどこから来たのか?
縦長の画面に嵌め込まれた
おお　老年の果ての
甘美の凝集。
額縁の下枠につけられた
喪章の黒いリボンが
点描のこの風景に　わたしの眼を
いっそう深く溺れさせるとしても
なんと若やいだ絵であることか。

屋根は焦茶や　水色や　薄い緑で
壁は朱や　白や　淡い黄。
わずかながらも煙突があり
おびただしく　小さな窓。
そんなふうに
瀟洒な洋風の建物が　二十いくつか
門や塀もなく散らばり
その散らばりかたによって
丘のいくつもの段段を示している。
人の姿はない。
鳥も飛ばない。
建物と建物のあいだは　樹によって
ほとんど埋めつくされている。
緑の葉がこんもりと茂った　その形には
円錐や半球に近いものもあり
緑の濃淡は　じつに微妙にさまざまである。
いつもながら
なんという静けさ。
広い丘の段段の縁の線さえ
人や鳥のように
消されて　秘められているのだ。
土がほんのすこし見える。
丘の頂きは丸味を帯び
草だけのひろがりが大きいが
その左手を越えて行く
明るい茶色の土の道。
そして　丘の麓の中央の
木の下陰からはみでている
ほの暗い茶色の露地。

七十九歳の病身の画家は
死の五か月前に
長く見なれているはずの土地で
この絵のモデルを発見した。
自宅のある界隈での
なんという　新たな動機。
それは晩秋の好天の午後であった。
散歩がわりに

弟子の運転する自動車で
田園調布をめぐったとき
画家の眼は　美しく絡みつく
その段丘の　俯瞰の構図に打たれた。
そうだ　おそらく
迫ってくる死を前に
無意識のいざないのもと
身近な日本の風景に
遠い青春のフランスの風景を
あらためて夢深く
重ねようとするために。

ところで　画面下方の右手には
大きく鮮やかな前景として
三色菫の花が三輪　花瓶に活けられている。
オレンジ色を主とし
中央に黒と白をすこしもち
人の顔に　ほんのわずか似た花花。
花瓶は　青地に黒い縦縞の
胸のまわりの豊かな磁器で
盛りあがる絨毯のような
黄土色のもののうえに載っている。
画家は五十九歳のとき　こう語った。

　どこにも咲いていない　わたしの
三色菫を咲かせることができたら
死んでもいい
と思っていますがね。
もっとも　そんな絵が描けたら
いよいよ生きたい
と思うかもしれません。

生きがたいこの世への
愛のしるし。

ふたつの国の風景が
ふっくらと重なった　危うい調和を
人影も鳥影もない　段丘の

多層の静けさが支えようとする。
おお　夢の匂いの透明な
二十いくつかの建物のすべてが
自然に挑んでいるようでもあり
自然と溶けあっているようでもある
片隅の
浄福に似たなにか。
画家の心の安らぎの
管と弦のせつないカノンが
燦然と始まる前のようでもあり
粛然と終った後のようでもある
束の間の
瞑想に似たなにか。

わたしの眼はふと　空を見あげる。
段丘のうえのわずかな空。
それは青く晴れている。
ほのぼのと晴れている。
驚いたことに　そこで
無窮動の点描が
幻覚か
ごくかすかな赤を散らしている。
まるで　七十九歳の画家の
頬を染める羞じらいのように。

幽幽自擲

ぼくは出不精のデブです
おまけに　空気嚥下症。

ある日　すごく膨らみます
風船になってふわふわ
部屋のなかをめぐるのです。

けれど　窓には鳥のうた
青い空には紋黄蝶
誘われて　庭に浮かんだ。

風のキッスにくすぐられ
薔薇のトゲで　おお　爆裂！

わたしというオブジェ

好意を羞じるような調子で
その礼装の男は言った
——もしあなたが　あなた自身の
　死体を見たいなら
　その窓をちょっと
　開いてみませんか？

室内へにぶく日光を通している
さざなみ模様の
磨ガラスの窓。

興味でも
恐怖でもなく
放心のわたしのまえで
窓はおのずから開かれる。

雑草が踊っている庭の
緑がねばる水の池。
そこにぽっかり浮かんでいる

蛙でも
鼈《すっぽん》　でもなく
拳大の
古ぼけたボール一箇。

おお
白っぽい表皮は　なかば剝がれ
そこから　中味の糸が
だらしなく垂れている。
解体への腐敗の小宴は　もう
はじまっているのか？

なるほど　うまい！
と　わたしは
心のなかで唸ったが
——へへへへへ
と　自分をいたわるかのように
薄笑いしてから
こう答えたのである

——わたしの死体は
オブジェではなく
偶然の数にでもしてくれませんか？
たとえば　魯迅が
死にいたるまで使用した
煙草会社かどこかの景品らしい
あの日めくり暦の
めくられた
最後の日付のように？

ある願い

わたしは乾きたくない
山の上に浮く魚の化石のようには。
わたしは氷りたくない
凍土帯《ツンドラ》に埋もれたマンモスのようには。
わたしは潜みたくない
原始の住居の跡の穀物の粒のようには。

わたしは狂いたいのだ
海の底から噴きあがる焰のように。
わたしは泣きたいのだ
沙漠の中を動きまわる湖のように。
わたしは消えて行きたいのだ
青空に羊雲を残す嵐のように。

さざんか

この寒空に　桃色八重の
花　花　花を　向けたさざんか。
あすの夢も　こごえる湖畔の
おお　可憐な　冬へのさんびか。

常緑の葉は　楕円のふちの
のこぎりの歯で　なにが切れるか？
雄しべ雌しべは　黄色と白の
ブラシの先で　なにが掃けるか？

雪よ降れ。まぼろしの胡蝶よ
みずうみのうえに狂え。花よ
そのとき　おまえの火が燃えよう。

寒くて晴れの　きょうの散策。
眠らず裸の　花よ　遠く
青空わたる　ハープを聞こう。

夢のかけら

睡眠中に見た夢のなかの波打際で
わたしはまったく迷っていた。
せめて　単語を一つか二つ
指で　砂浜に書きとめておくか？
それとも　そんなことは面倒だから
すぐまた海にもどって
こころよく　まったき眠りの泳ぎにはいるか？
泡が立つ境い目で　わたしは
もうろうと歩きつづけている。

　かれは　演奏のなかに
　…色の沈黙をおく

朝　乱れた鉛筆書きのこんな文字を
わたしは枕もとの紙に見つける。
おお　なんと律儀なことか！
夢のなかでふと見かけ

うっとり聞いた音楽が
とにかくも　記録されていたのである。

しかし「かれ」とは
ピアニスト？　ヴァイオリニスト？
それとも　指揮者？
「沈黙」の色とは
橙？　緑？
それとも　紫？
いや　聞こえていたかもしれない楽曲が
まるでわからないではないか。

わたしの夢は消えて行くのだ。
醒めた頭ですぐ反芻するか
文字でよく書きとどめるか　しなければ。
わたしは残念そうに　半日
波打際の珍しい貝がらのような
すてきな夢のかけらと暮らす。

狂った腕時計

1

他人の夢が底光る
石畳の急な坂で
自分のふるえる手ぶらに気づいた。
秋晴れで風はひんやり
登り坂はやがて右に折れた。
わたしのほか人がいない　その
日没近くの　道の両側で
見覚えがあるような　ないような
石造二階三階の建物が
それぞれの後方へのけぞっていた。
坂のてっぺんに胡座《あぐら》の
太陽が眩しすぎるのか？
それとも　わたしの手ぶらの
行き場のないまったくの空白が
とても　とても　おかしいのか？

2

果たせるかな　数人の男と女が
不意に現われた。
空中からか？
地下からか？
石畳の急な坂を
ばらばらに登って行く。
みな　自分より大きな画布《カンヴアス》を
重たげに　いそいそと　担いでいる。
あちこちで無人の建物にはいり
窓枠を額縁にして
辛苦の絵を嵌める。
〈踊る果物〉
〈ある戦死〉
〈鳥の声の曲線集〉
〈海の底で揺らぐ斜塔〉
白い絵具ばかり塗った〈裸体〉もある。
わたしのほか人がいない　この
日没近くの　ふしぎな通りから
いったい　誰が眺めるというのか？
わたしは　かれらの愚かさを軽蔑した。
しかもなお　かれらの疲労を羨望した。
わたしにはなにがあるのだ？

3

わたしは腕時計を見た。
なにかを強く感じたある場合
反射的にそうするのが
いつからか　滑稽な癖である。
十一時二十分。
そんな馬鹿な……　とわたしは思い
胡座のまま沈んで行く
円く大きな赤い太陽を確かめて
もう一度　円く小さな文字盤を見た。
すると　時針も　分針も　秒針も
それぞれの異常な速さで
ぐるぐる回っている。

自分のじゃない……　とわたしは
腕時計を手首からはずし
裏側を眺めた。
やはり　あの船は彫られていない。
手首に戻すと　今度は
時針も　分針も　秒針も
完全に止まってしまった。
こわれたな……　と感じたとき
なんと　時針だけがするする伸び
文字盤の縁にぶつかって
その円周に沿い　時計廻りとは逆に
微かな波を打ちながら
なお伸びて行くではないか。
わたしは笑った。
笑ったね。
同時にぞっとし　背筋に
走る死骸の鬼気を感じた。

4

あたりを見回すと　石畳の
急な坂のうえではなく
白い壁の部屋のなかだ。
ひろびろと整った場所ではあるが
立方体のなかの
たったひとりの息苦しさ。
天井は　ベージュ色の防音の布張り
床は　茶色のやわらかな桜材
そして　レースが美しく　夕焼けの
窓はいっぱいに開かれているが
わたしは　なお
致命的に手ぶらなのだ。
おお　救いのように
壁から現われるひとつの楽器。
せめて　心臓のリズムによって
この空間を破壊せよ
と　わたしは眼を閉じ

黒いピアノのまえに立つ。
右手の中指で　強烈に
高い〈ラ〉の鍵《けん》を打つ。
音が出ない。
左手の中指で　強烈に
低い〈ミ〉の鍵を打つ。
音が出ない。
狼狽したわたしは　両手の
指のすべてを　めちゃくちゃに
鍵盤に叩きつけるが
音はまったく出ない。
怖ろしい沈黙が　かえって
冴えるばかりだ。
わたしにはなにがあるのだ？
〈わたしにはなにがあるのだ？〉という
この執拗な　問いのほかに。

血

あれはなんだろう？

大形の羊歯が密生する谷の
原始の闇夜を　ざわざわ流れる
洪水のかたわれの
不気味な川？
そして　そこに
強く　単調に　規則ただしく
ひびきつづけてやまない
土人の太鼓？
雲間から落ちてくる　月光の
踊りの旋律はないとしても。

否　それは
永遠のくりかえしに似た
赤い連打。

だから　あれはなんだろう?

鮫や魚雷などがうろついている
墨汁の夜の海を　ひたすら急ぐ
消燈の船の
底のざわめき?
そして　そこに
強く　単調に　規則ただしく
谺しつづけてやまない
別れの銅鑼?
室内にふっと点る　螢の曲線の
祈りの旋律はないとしても。

否　それはただ
永遠のくりかえしに似た
赤い連打。

おお
地球のように　メロンのように
張りきった
子宮の温かさのなかで
光への憧れが
全身で聞いている
甘いアンダンティーノ。
見えない　血の流れの花花が
左右に揺れる
メトロノーム。

生まれでるとき
胎内のふしぎな音楽は
夢のように忘れられる。
しかし　人の褻れる世における
子の悲しみの旋律は　すべて
母よ
あなたのその赤い鼓動のうえを
われしらず
さまよいつづけるだろう。

ある愛の巣

嫩江《のんこう》中流の西の　とある落葉樹の林
零下二十度か三十度か
とにかく　はげしい吹雪だ。

大きな樹から垂れさがる　裸の長い枝枝が
ときに変わる風向きに　逆らわず
しなやかに鋭く　悲鳴をあげている。

あの　ぼってりと温かそうな
ベージュ色の〈短い靴下〉めく
奇態な　ぶらさがりはなんだろう?

それは　長い枝の先に〈踵〉をつけ
〈足の入口〉を斜め下に向け
風の侵入を防いで　うまく揺れている。

あれは雀の一種　スインホー・ガラの巣
外側は　羊のやや粗い毛で
内側は　羊のやさしい和毛《にこげ》だ。

大興安嶺の東　吹雪はやまず
小柄な雄雌《おすめす》二羽に　ちょうどぐらいの
懐かしくも　瀟洒な塒《ねぐら》ではないか。

ほかの季節に散った　遊牧の羊の毛の
原野での吹き溜りの　ほんの一部が
小鳥たちに編まれているのだ。

鵲の木

枯れてから二百年にもなるという
楡の大樹が
樹皮はもちろん　枝もほとんど失い
ひからびはてて
なにかの優しさ

しかしまた　なにかの魔力のように
地中からすっくと立っていた。
その名は　サチガイモト
蒙古語で　鵲《かささぎ》の木。

黒っぽい砂もまじる
原野のまっただなかで　一本だけ
緑の葉を繁らせていたその梢に
鵲がたくさん群がり
巣をつくった。
遊牧のひと　行旅のひとは
この燈台で位置を知り
この客舎にときに宿った。
この天幕のもとで　やがて
交易の市が開かれた。
包《パオ》がつぎつぎその周りに立ち
家畜がいろいろそのあたりを歩き
サチガイモト　と呼ばれる
村落がついに生じた。

東北平原を流れる洮児河
その南の町——
洮南のこんな由来に　茫然としたのは
四十年も前の少年の日のことだ。
木は根まで薪にするという
生活の長い慣習のなかで
その偶像だけは、残骸になっても
烈日に晒され
黄塵を浴び
吹雪に揺さぶられて
立ちつくしていたのであった。

あのころ　土塀に囲まれ
町の守護神のように
小さな祠までもっていた鵲の木は
今もなお残っているか？

旅順の鶉

旅順でも　鶉はね
畑仕事のおまけじゃよ
と　風来の叔父は言った。
去年　遠い土佐からやってきて
まだ定職もなく　恋人もいない。
大雨といっしょに秋がやってきたのは
おとといの日曜のことだ。
快晴のきょうの夜明けに　かれは
鶉山に近い高粱畑《カオリャン》で　仲間と
可憐な漂鳥をたくさん獲った。
けんど　旅順は世界でも　有名な
鶉の産地と聞いちょる
と　若い叔父はつづけた。
かれは自分の取り分を
幼いわたしの　大連の家の夕餉の
やきとりにもたらしたのだ。

羽をむしられ　臓物をえぐられ
小さな頭をつけたまま
まるごと焙られた焦茶の　鳥の姿を
幼いわたしははじめて眺めた。
気味がわるいし　かわいそうだし
一羽しか食べなかったが
春のおわりの茅渟《ちぬ》よりも
夏のさなかの甜瓜《うり》よりも　おいしかった。
両親や　兄や姉は
一年ぶりだね　とか
日露戦争の匂いがするね　とか言っていた。

三十年ほど前に
旅順が凄絶の戦場であったとき
そのあたりを　日本の歩兵の分隊が
匍匐前進したかもしれない。
そのあたりに　ロシアの堡塁から
弾丸がさかんに飛んできたかもしれない。

叔父と仲間二人の横の一列は　のんびり
トサーノー　コオーチノー
と　低い声でうたいながら
三十年ほど前は
激戦の一隅であったかもしれないが
いまはともかくも平穏な
高粱畑を　その長い畝に沿って
足音も静かに　のろのろ進んだ。

地面の凹みで眠ったりしている鶉は
急に追うと　ぱたぱたと舞いあがり
ついで水平に飛び去るが
ゆっくり追うと　騒がずに
歩いて逃げて行くだけだ。
やがてあらわれるのは
高粱の　丈高い穂先の横の一列に
架けわたして張っておいた
小さなかすみ網である。
鶉は歩いて逃げながら
淡くなった星の光の下で　ふいに
その罠にひっかかっては騒ぐのである。

★

あのころ　三十代なかばであった叔父よりも
五十代はじめであった父よりも
今は　年をとっているわたしは
定職に厭き　かすみ網もなく
ときに　神田などの古本街をうろついて
忘れた昔の旋律を漁るのだが
ある日　知人に借りた稀覯本《きこうぼん》のなかの罠に
自分こそひっかかるのである。

その古ぼけた薄い本には
旅順港から北西約二十五浬
小龍山島の　秋のある光景が描かれていた。
鳥が翼を休めるのに絶好な
周囲約四キロの　この孤島では
岩にも　木にも　草にも

見渡すかぎり　白い毒蛇がいて
待機のバネのかっこうに　体をねじり
空を視まもって動かない。
鶉や鶸や雨燕などが　降りてきて止まれば
その瞬間　飛びつくのだ。
白い小龍の腹の中には　たいてい
一羽か二羽の鳥が　すでにはいっている。
ただし　鷹は別だ。
鷹は錐の眼つきで　低空を旋回しながら
白い蝮をこそ狙っている。
逆に　一メートルほどの白い爬虫に
嚙まれて　毒で殺されることもあるのだが。

その夜　わたしは
蒙古風が海の空を　黄に染めて渡る
ものがなしい夢を見た。
幼いわたしは　大陸の一突端らしい
どこかの岸辺を
まだ若い母と
手をつないでさまよい歩いていた。
旅順では　今もなお
あの優しげな　土好きの漂鳥が
ときに無数に集まって
チュッチュル　ルルル
などと　鳴いたりしているだろうか？

（『西へ』一九八一年講談社刊）

詩集〈幼い夢と〉から

鏡

春　赤紫に
木蓮の花が咲くころ
嬰児は若い母に抱かれ
生まれてはじめて
鏡のなかの自分を見た。
おお
澄みきって　ふしぎそうに
視つめあう　眼と眼。
その対面を　横から
眺める母の
ちょっと　いたずらっぽくもある
期待の喜びには
独立しはじめる幼い人格への
微かな畏れも。

梅雨がつづき
ほの暗い鏡のなかには
いつも同じ小さな顔。
そこにしか浮かばぬ　小さな
けげんそうな
口に涎の顔。
嬰児はあるとき　その面影に
くるりとはげしく顔を背けた。
ひよめくその頭を
母はやさしくそっと撫で
ゆっくりと名前を呼んだ。
鏡のなかになお残る
密かなドラマの後ろ髪を
ちらりと眺めながら。

夏　熱帯夜が
雉鳩の低い鳴声で明けるころ
腹掛に襁褓だけの嬰児は

鏡の国に興味をいだいた。
そのなかの自分に触ろうと
くりかえし　くりかえし
柔らかく小さな手を伸ばしたが
見えない壁がさえぎった。
嬰児は　なかば諦めるように
なかば面白がるように
指先でまあるく撫でた
固く透明なその謎を。
誘って拒む
表面の解きがたい謎を。

秋　邯鄲《かんたん》の声が
さびしく冴えるころ
嬰児は鏡のなかの自分に向かい
ふと　無心に笑う。
相手の笑いが　新しい笑いを誘う。
開かれた口の歯は二本。
母は　鏡の奥に見える
楓や山茶花《さざんか》の涼しげな庭に
嬰児といっしょに入って行きたい。
現在がそのまま
思い出に氷ったような
涯もなく遠い庭で　いつまでも
いつまでも
いとし子を抱いていたい。

ひとみしり

門歯が二本　のぞきはじめた嬰児
床屋帰りの父を見て　わっと泣きだす。
おお　見知らぬ　無作法な伊達男
短い髪　つるつるの頬　安っぽい香水。
笑顔と言葉で　父はあやすが　だめ。
抱いて頬ずり　せまい家をぐるぐる
いつもの遊びの　天路一周をする

涙を舌で　拭きとってやりながら。
壁の絵に触り　鏡は避け　木琴の唄
鉢植の花を嗅ぎ　そして用もなく
音高く　便器の水を流したりして。

嬰児はやっと黙るが　蓬髪と無精髭の
あの父に似た　このへんな男はだれだ?
また顔を眺めて　わっと泣きだす。

しきりのガラス

顳顬《こめかみ》と首　汗だらけ
革の手袋　泥だらけ。
夏の午後の　せまい庭で
蔓薔薇に　たっぷりと元肥《もとごえ》。

仕事を終えた父は　背を伸ばし
小さなテラスで　またしゃがみ
ガラス戸に　顔を押しつける。
眉間つるつる　鼻ぺしゃんこ。

おお　一歳半の子供は
部屋の隅に　自動車を投げ捨て
部屋の真中の　動物園をまたぎ

父へと　素手で突進してくる。
先頭の　小さく　涼しい鼻を
ガラスの鼻に　押しつけるため。

小さな別れ

手まね　眼はじき　首かしげ。
フォームの父は　列車出発の直前
厚い窓ガラスの　沈黙をはさんで
車内一歳半の子に　おどけのお猿。

席に立つ子は　窓を叩いて笑い
隣に坐る母から　白い帽子を取られる。
二人の向こうの通路を　巨大漢が歩き
列車の行先では　母の実家が待っている。

おお　ベルが鳴る。古いお盆に重なった
里で遊びの　涼しい十日間へと。
残る物書きの父の　無精の自炊へと。

列車が動きはじめ　父は別れの手を振るが
まさにその瞬間　幼い子はフォームの
珍しい外国人に　気を取られる。

散歩へ

多摩湖で
　　鱈子が
　　　　タバコを
ふかす
　　わけは
　　　ないけれども
多摩湖で
　　太鼓が
　　　タンコと
鳴るかも
　　しれない
　　　天気だ。

蝸牛の道

初夏の曇った午後の庭
褐色の　なめらかな　飛石のうえ。
蝸牛《かたつむり》が　粘る時間を這って行く
やわらかな　二対の角を突きだして。

言ったあとに敷かれている
薄汚れた　白っぽい　銀色の道。
そこをとても小さな蟻が　一匹
自転車に乗って　ジグザグ急ぐ。

雨が　ポツンポツンと降ってくる。
父と幼い子に　まぼろし遊びをさせた
はかない銀の細道は　やがて消える。

蝸牛も　どこかへ行方不明。
いや　萵苣《ちしゃ》の大きな葉のうえで
おいしそうな　遅い昼めし。

邯鄲

汗血馬《かんけつば》の話を書きながら　横に長く
眠りこんだ二階の父。
その夕ぐれの夢。

どれだけの世紀が　薄紫に流れたか。
ふと眼ざめて
どこの岸辺にいるのか　わからない。

眼ざめさせたものは　しかし
胡人の笛の悲しみなどではなく
もっと寂しく遠い　鞦韆《ブランコ》の振子の刻み。
暮れのこる芝生の庭で
三歳半の子が
ひとり揺れて測っている　秋の深さ。

ああ　邯鄲《かんたん》が
涼しさの金の細糸を　ふるわせて鳴く。
揺れやんだ幼い無言にとって
不安でもあるたそがれのなかで。
また　父に戻ってくる
古代の架空の　戦乱のかたすみで。
母だけは立って　手を動かしている

二階の明るい台所で。
秋刀魚《さんま》のはらわたと血に
指がすこし汚れた。
庭にできた柚子の実の　濃い緑は
俎板の横に。

シャボン玉

蔓薔薇の花のむれに
シャボン玉はなぜ似合うのか？
初夏の庭
昼さがり
快晴
微風。

幼稚園から戻った幼い子が
空から吊りおろされたブランコの
止ったままの椅子に坐って
繊い　竪《たて》の　孤独な笛を
ひそかに吹いている。
いや　シャボン玉用の玩具の筒を
いっしんに吹いている。

小ささがさまざまで　透明な
虹の玉のきらびやかなつどい。
それらは　つぎつぎと生まれ
飛びはじめたか　と思うまもなく
微風のいたずらのままに
すぐ　割れてしまう。

縁だけ桃色の　黄色い花弁
濃い緑の葉
淡い赤紫の嫩葉
ベージュの棘をもつ　茶色の枝
茶色の棘をもつ　緑の枝
そうしたものへ
憧れに似たかたちで

ふと触れて
そのまま割れてしまうのである。

おお　束の間の
がらんどうの
極薄《ごくうす》の　甘肌の
滑らかな　球体の
あるかないか
無音の
浮遊の　音楽。

あの懐かしい放浪の詩人も
こんな吐息をもらしている。
――薔薇色の
　しゃぼん玉よ。
　ばらの肌のばらの汗よ。

もちろん　青空のもと
別の生きかたもある。

漂いの途中で
微風から見捨てられたか
それとも　微風を嫌ったか
ほとんど　自分の重たさだけで
じつに緩やかな下降をはじめ
芝生や露地や敷石に
落ちて行く玉。

幸か不幸か
蔓薔薇のどこにもぶつからず
しかも　微風にずっと支えられ
空中をしばらくさ迷って
ついに　無色透明となり
ときにすこし舞いあがって
自滅する玉。

せっかく旅立ちながら
微風の向きが大きく変わり

ブーメランのように
ふるさとの笛を慕って
柔らかな幼い髪に
玉虫色のリボンさながら
ほんの一瞬　止まる玉。

ああ
幼い子の好きな
七星瓢虫《ななほしてんとう》が　一匹
たぶん　蚜虫《あぶらむし》を求めて
シャボン玉のむれのなかを
空中衝突の事故も起こさず
巧みにか
がむしゃらにか
飛んで行く。

初夏の庭
昼さがり
快晴
微風
蔓薔薇の花のむれに
シャボン玉はなぜ似合うのか？

天国とお墓

——パパは天国に行く？
——テンゴク？
——うん　そうだよ
幼稚園で　先生からね
きょう　聞いたんだよ　天国の話。
——そうか……　なるほど
行くよ　たいてい。
——いいこと　したから？
——そう　そう！
——いつ　死ぬ？
——うーん　そうだな
秀ちゃんがね　たんさん牛乳飲んで

大きくなって　自動車を
運転できるようになって
そうして　結婚してから
ということにするよ。
――あ　そう……　だけど
天国に　どうやって行くの？
すごく高いところに　あるんでしょ？
空のずっと　ずっと上のほうの……
――うーん　そうだけれどね
魂だけが行くんだろ？
――そう　そう　魂だよ！
――もしかしたら　ほら　あの
ＵＦＯに乗るのかな？
――ふーん？
――でも　死んだ体のほうはね
お墓にはいるんだよ。
――パパは　どこのお墓にはいるの？
――ほら　このまえ　お彼岸のとき
パパとママといっしょに
途中の店で赤い花を買って
行っただろ？
あのお墓だよ。
――あ　そう……　じゃ
パパが死んだら
自動車で　運んで行って
あそこにいれてあげるね！
――はははは！

遠浅の海で

秋のはじめ　夏のおわり
そんな二つの霧が　こんがらがっている
遠浅の入江　引潮の午前。
砂浜は　すでに熊手で塵芥《ごみ》が除かれ
すがすがしい素顔であるし
波静かな海に迫る　丘の林からは

蟬の熱い合唱が　泳ぎをうながしている。

しかし　肌に冷たい小降りの雨に
一つの裸も海にはいらず
貸ボート屋もひらかれず
渚を行くのは　赤や黄の傘ばかり。

わたしたちは困った。
遥かな南の海には台風がいる。
燕や虻はやはり飛んでいるが
きのうの情景が　まるで嘘のようだ。

　あの薄曇り　あの日差し。
　浮輪にはまった幼い子は
　海のなかで　母から手を離され
　怖がりながら面白がった。

　砂浜に寝そべる父は　海と空の
　灰味がかって光る青という
　思いがけない色の一致に
　ふと　水平線をなくした。

ホテルの隣室に　その家族と投宿し
すぐ波打際に降りてきた
白人の若い娘の水着姿に
男たちの視線が　ときどき注がれた。

父が作っていた　濡れた砂の山に
母と子が向かいあって
探しあいのトンネルを掘ると
指の列車が　正面衝突した。

しかし今は　大雨洪水注意報。
わたしたちは　ホテルの部屋の窓ぎわで
未練の桃をむいている。
雨で鳥肌の海に　つかってみるか？
それも一興ではないか？

幼い子はとっくに水着をつけ
浮輪も体にはめ　水中眼鏡までかけ
ただ　海の塩辛水をなめたがっている。

母は水着に着かえながら　一方で
帰りのバスが走る山道の
うねりくねりの酔いが　もう心配だ。

水着を手にした父は　帰京してから
自分の十二指腸潰瘍の手術をするかどうか
ここへきて　まだ決心がつかない。

そんな三つの思いが　こんがらがっている
引潮の午前　遠浅の入江
夏のおわり　秋のはじめ。

父の日

初夏のある晴れた午前
わたしの眼にも　心にも　すこし眩しい
幼稚園の運動場。
〈父の日〉なので　たぶんややぎごちない
朝礼の整列や体操
そして　唱歌や行進なのだろう。
しかし　あちこちでのんびり
秩序からはみでた子供たちも。

組の名は　年長・年中・年少を問わず
すべて草木から採集された。
ゆり　ばら　きく。
すみれ　たんぽぽ　ちゅうりっぷ。
つぼみ。
赤　白　黄　桃　紫の　帽子に分けた
二百人あまりの園児たちを囲み
北の園舎の側に　身軽な女の先生たち

東と南と西の塀の側に
さまざまな年齢と服装の父親たち。

スピーカーから　テレビの
ある漫画の主題曲が鳴りはじめる。
わたしは自分の末っ子を　眼で探す。
わたしと五十二歳も離れている子を。
かれは　教室への列のなかで
白い帽子をややあみだに被り
おでこで　わたしに合図する。
修道女姿の園長先生が
眼鏡を光らせながら　立ちつくしている。

父親たちは　教室の鏡ではなく壁に
いっしんに自分の顔を探す。
というのは　ばら組担任の
若い女の先生が　ピアノを背にし
こんなふうに挨拶したからだ。
——壁に張られているのは
　みんなで描いた
　自分のお父さんの絵です。
　きょうの歓迎のしるしです。

なるほど　湯気の立つ風呂桶のなかに
父と幼い子が行儀よく並んで
乳首までつかっている。
髭面の顔ばかりでかく　腕の細い
しかし　美男子もいる。
驚いたのは　画面の上半分がテレビで
下半分が　逆様に描かれた
肘掛椅子に坐る父　という構図だ。
画家の眼は　たとえば天井の中央から
向きを変えながら　両方を直視したのか？

わたしはやっと自分を見つけ
思わず　息を呑んだ。
薄暗い部屋にベッドがあり
そのうえで　男が布団をひっかぶり

背を向けてぐっすり眠っているのだ。
病気なのか?
それとも　もう死んでいるのか?
眼に見える　唯一の肉体の部分
後頭部の髪を　黒く描いてくれている。
ベッドの向こうは　じつに大きな窓で
そして　明るい空である。
二本の樹の緑も　生き生きと鮮やかだ。

おお　物書きの父親め
夜中に仕事して　昼間は眠っているのか?
子供は　なにか忘れものを取りに
二階の寝室まできて
こんな人間を　つくづく眺めたのか?
それとも　母親に叱られて
新しい優しさが欲しくなり
こんな生物を探しあてたのか?

それにしても　わたしは
昼間ぐっすり眠るとき
部屋の部厚いカーテンを
城壁のようにも
すっかり降ろしているのだが。

乗れた自転車

ふしぎな一致だ
きのうの昼すぎ　子供の自転車の
二つの補助輪を外すと
その夕ぐれ　子供の乳歯が　二本も
はじめて抜けた。
翼の生えた補助輪の
それぞれに乗っかって
下の歯茎の　あの小さな前歯たちは
どこの空へ消えたのか?

自分が操る乗りもので

近所の遊び仲間から
取り残されまいと　いっしんな
五歳の男の子。
あの親切な　二股の支えなしで
きょうの昼すぎ　やっと
自転車を漕ぐことができた。
凸凹の土のうえで　ふいに
後ろの車輪が空転の
困るストップをかけるなど
ときにあまり優しすぎた
あの二股のつっかいなしで。

見ろ
前の車輪をときどき　ふらつかせ
サドルに浮かぶ　新しい感覚を
舗道のかなり遠くまで　運んで行く
幼い足のゆるやかな回転を。
ややこわごわながら　楽しげな
背中のかたちとうごきを。

秋晴れの郊外の　ひっそりとした
一直線のアスファルトに
今　自動車やオートバイは通らず
危険はないとしても
まるで　父親の追えない領土へ
はじめて逃げて行くようだ。
幼い後ろ姿には　思いがけない
頼もしさがあるとしても
まるで　自転車が父親から
なにかの夢を　奪って行くようだ。

人影まばらな
自然公園の広く平らな場所で
わたしはやっと落着く。
桜の木のあいだを　縫って走る
小型の黒い自転車に
大きな円を描かせるのだ。
その揺れる中心の軸になって

一周　二周　三周……　と
指を折るのだ。

見ろ
黒い斑のある　黄色や茶色の
桜の落葉をときどき踏んで
回りつづける　木洩れ日のおでこを。
ひんやりとした風に曝す
乳歯二本が抜けたあとの
永久歯一本の　微かな先を。

まだ緑の多い桜の枝の　白髪の上鶲《じょうびたき》が
ヒー　ヒー　ヒー　と鳴きながら
小柄な体には長い尾を
そしらぬ顔で　上下に振っている。
やはり小柄な　黒ネクタイの四十雀が
ツピ　ツピ　ツピ　と鳴きながら
親と子の　日時計の午後の円を
元気よく　横ぎって飛ぶ。

ふと眼を閉じた　わたしの頭のなかに
五年前の秋　生後八か月で
はじめてあらわれた乳歯
下の歯茎の前歯二本の
かわいらしい先が　ありありと浮かぶ。
手を伸ばせば　とどきそうで
ちょっとぐらい　呼び戻せそうな
しかし　もう帰ってこない
五年の月日。

丘のうえの入学式

自分の幼年の日日に
遠くつながろうとするかのように
中年の終りに近く　わたしは
石をあらためて愛しはじめている。

しかし　きょうの昼すぎは
春の日に照らされた花花にばかり
つい　浮き浮きと
眼が行ってしまうのだ。
家を出るときの　庭さきの
とさみずきの花の淡い黄色
れんぎょうの花の濃い黄色。

半世紀も昔の　自分の
小学校入学式は　わたしにとって
静まりかえった謹直な儀式――
といった　それだけの
ぼんやりかすむ抽象画だ。
むしろ　翌日の登校の楽しさが
架空の日記に　くっきり刻まれている。
母に連れられて校門に入るとき
「かわいいですね」
と　母はよその子と母にお世辞を言った。

いま住む家を出て　坂の舗道を降り
人家のあいだの平坦な野原の道を
きょうのためのきれいな服で
父と母と子が通る。
ゆきやなぎの花の雪色や
ももの花の桃色が
三人の眼の青空にしみる。
しばらくして　今度は長い坂の舗道を
てっぺんまで登って行く。
「六年間も　坂を登り降りすれば
足腰がいいかげん鍛えられるよ」
と　わたしは二人に言う。

わりに急な坂のてっぺん
丘のうえの小学校の庭には
もう　入学式のための
親子連れがたくさんいて
さくらの花の桜色と
あぶらなの花の黄色と

掲示板に貼られた　一年生の
学級別の名簿の大きな紙が
すこし寒い春の風に　吹かれていた。

それにしても　入学式直前の
講堂兼雨天体操場は
なんとすさまじい喧噪だろう。
前列から　新入の一年生
ハーモニカ合奏に待機する二年生
ピアニカ　木琴　アコーディオン
太鼓などの合奏に待機する六年生
そして　新入生の保護者という順で坐り
舞台下の両脇に　先生と来賓がいるが
子供たちの話し声で
天井までわんわん唸っている。
わたしも　いつのまにか
岩のように吼えたくなった。
「わたしもじつは新入で　この四月から
この小学校の校長をするのです」

と　温和そうな眼鏡の先生が
講壇に立って挨拶したとき
「先生もちっちゃいの？」
と　新入生のだれかが甲高く叫び
満場がどっと笑った。
「新入生のみなさん　嬉しいですか？」
と　来賓の市長代理が挨拶したとき
「嬉しいです！」
という　声を合わせた返事につづいて
「わからない！」
と　新入生のだれかが大きく叫び
満場がまたどっときた。

あの陽気な花花のなかに　自分の子も
と　わたしは楽しかった。
沈黙から喧噪へ
謹直な制帽から帽子の自由へ
半世紀はその点で　空しくはなかった
と　わたしは信じたかった。

駅名あそび

書物が奇態な生きもののように
しだいに乱雑に増殖してくる
狭苦しく　狂おしい　物書き部屋には
西と北に　大きな窓がある。
朝も昼もやや暗いが　ときに
夕日の奔流が花やかな明るさで
わたしの疲労をすっぽりつつむ。
あと一枚　原稿を書くための
なけなしの　新しい元気を
胸に芽生えさせるのである。
こんな時間が
わたしは好きだ。

やがて　トコトコ
幼い子が階段を登ってくる。
ドアのノブをぎごちなく回し
「ごはんですよ！」
と　部屋のなかに入ってくる。
椅子に坐るわたしの膝に乗り
机のうえの書きかけの原稿を
小学一年生ふうに　拾い読みする。
わたしはそこで　問題を出すのだ。
「東京のなかを走っている電車の駅の名前で
ね　一とか三とか数が入っているのがある
でしょう？　一から十までの数がひとつずつ
入るように　駅の名前を十いってごらん」
電車に夢中の息子は　すごく喜び
ゆっくり考えて　さっと答える。

「青山一丁目！」
そうだ　先週もわたしはその駅で降り
知人の死を悼むため　斎場に向かった。
「二子玉川園！」
十六歳のわたしが　受験のため大連から
初めて東京に出て来て泊った　叔母の家。
「三軒茶屋！」

二十六歳のわたしが　敗戦で大連から
東京に引き揚げて来て泊った　姉の家。
「四ツ谷！」
おまえの兄が　いっぱし通っている
フランス人の先生の多い　あの大学。
「五反田！」
わたしが通勤のため　かつて何千回か
電車乗り換えで歩いた　あの連絡通路。
「六本木！」
おまえのもう一人の兄が　ときたま
お茶と踊りに　その町に行っている。

幼い子は七のところで　大いに困り
頭を左右にかしげて　考えつづける。
ああ　こんな時間が
わたしは好きだ。
「東京のなかでなくてもいいよ」
と　わたしは問題をゆるめる。

「七里ケ浜！」
おまえは幼稚園を終えた　春休みに
母に連れられて　その海岸で遊んだ。
「八坂！」
おまえの生まれた産院が　その町にあり
どんな建物か　おまえは見たがっている。
「九段下！」
おまえの父母は結婚前　その駅で降り
ウイーン・フィルハーモニーを聞いた。
「十条！」
敗戦の前の年の初夏　学生のわたしが
校友会雑誌の校正をした　あの印刷所。

「ごはんですよ！」
一家の主婦の権威の声が
階下からおおきくひびいてくる。
幼い子を先にして
まだ西日が残っている階段を
二人で　あわてて降りて行く。

こんな時間が
わたしは好きだ。

秋深く

『こどものバイエル』　五線紙　ノートなどを
手提げに入れた帰りの坂で
幼い子が降りる足を止めたのは
森のうえ　夕空に沈む青から
あの連弾が　ふと谺《こだま》してきたからだ
不意の別れの　あのアレグレットが。

――結婚するので　遠くへ行くのよ
と　若くきれいな女の先生は
かれの驚く眼の鳥を　見ながら言った。
ベームのサイン入りの写真を　貼った部屋
一年半ピアノの初歩を　教えてくれた部屋で。

おとといは小学校の運動会
明るい青空を背に　紅白玉入れの連弾が
点描の　花火の夢をきそっていたが
きょうのアレグレットは　逆に
透明な　氷柱《つらら》の夢を
心の空に結んでしまった。

幼い子よ　犬の夕闇が迫る
帰りの坂を　早く降りるがよい。
そしてせめて　眼にいっぱい
温かい涙を浮かべるがよい
生まれて初めての　人と別れの悲しみの土を。

一年と一瞬

幼い子よ
晩い秋の午後をいっしょに散歩しながら
父はひそかに悩んでいる。

ごらん
丈高い三角楓《さんかくかえで》の林を。
自然公園のなかで　そこだけがほのぼのと
黄　赤　橙に輝いている
思い出の　別天地を。

父の学生時代の師である
あの懐かしい碩学は　自宅の居間で
庭を見ながら語ったものだ
――七十二歳にもなると　一年が
　あっという間に　過ぎますね。
　一か月ほどまえ　木蓮の落葉が
　やっと終った感じであるのに
　きょうは　その木蓮の新しい落葉が
　もう　ぱらぱらと始まっているのです。

幼い子よ
しかし　父は嘆くまい
六歳のおまえの長い一年のまえで
五十代の自分のすでに短かすぎる一年を。
ただ　父は焦るのだ
一瞬の冴えが　乏しくなった寂しさに。
たぶん　おまえにはありあまる
底知れぬ夢　澄みきった目ざめ
そんな束の間が　まれになった空しさに。

さあ　あの明るい唐楓《とうかえで》の林のなかに
二人で手をつないで入って行こう。
枝枝に溢れる黄　赤　橙の葉が
ときに　一枚二枚舞い降りてくる。
小さな翼の生えた小さな固い実も
地面のあちこちに散らばっている。
ああ　なんと冴えた
なんと澄みきって　底知れぬ照明だろう。
思い出と区別のつかない　小鳥たちの歌。
夏には　裏の白っぽい三裂の緑の葉が
鬱然とした天井をつくっていた。

かすかな木洩れ日の暗さのなかで
見知らぬ若い男女が
繊く鋭い堅笛の音を
蟬しぐれの奥にかくしていた。

そのまえの春には　若葉とともに
ごく小さな　淡い黄の五弁の花が
円錐花序にひらいていた。
幼い子よ　おぼえているか
おまえがここに追いこんだ雉鳩を。
そのとき　おまえが転んで泣き
目のまえの菫の花を摘んだことを。

さらにそのまえの冬には
駱駝色のぶあつい落葉が
はかない絨毯を織って
四季の終りを告げていた。
仰げば　冬芽をつけた裸の枝枝が
青空を背に　つつましく
四季の始まりを告げていた。

幼い子よ　こんなふうに
いっしょに眺める一年は同じだが
父はもう疲れてしまった。
疲れた力に鞭打って
この世の中を描きつづけるほか
どんな芸も　どんな恵みもありはしない。

三角楓の林の中の　奇蹟のような
黄　赤　橙の別天地で
しばしの幸福を　父は嚙みしめる。
幼い子よ　たとえば
ここにおまえと立てば　ようやく
一年を一瞬にとらえ
一瞬を一年にひろげることができるのだ。

（『幼い夢と』一九八二年河出書房新社刊）

詩集〈初冬の中国で〉から

蘭陵酒

――李白の思い出

済南空港から　車で
落ち葉する白楊に沿って走ると
済南飯店の宵の広間には
訪問の日本人八人と
歓迎の中国人十人でする
蘭陵酒の乾杯が待っていた。

――李白の詩に出てくる蘭陵の美酒です。当地から南南
東へ二百キロほどの　蒼山というところで造られて
います。蘭陵は蒼山のすぐ近くです。

四十年ほど前には　抗日ゲリラの隊長であった
巨体の作家が　人懐っこい
ほほ笑みをたたえて言った。

ああ　李白！
そういえば　千二百年ほど昔
あなたはこの山東を　くりかえし歩いているのだ。
その遥かな影に　不意に訝する
わたしの若い日日の
眩ゆい無為の自由へのあこがれ。
わたしの今の謹直な旅における
禁酒ははやくも破られる。
これもまた「客中《カクチユウ》ノ行《ウタ》」の一種というわけか。
あなたのその七言絶句が
四十年ほど前の戦中には　学生であったわたしの
孤独で怠惰な生活から
あざやかに蘇えった。

蘭陵《ランリヨウ》ノ美酒《ビシュ》　鬱金《ウコン》ノ香《カヲ》リ。
玉椀《ギヨクワン》　盛《モ》リ来《キタ》ル　琥珀《コハク》ノ光《ヒカ》リ。
但《タ》ダ主人《シュジン》ヲシテ　能《ヨ》ク客《キャク》ヲ酔《エ》ハシメバ。
知《シ》ラズ　何《イツ》レノ処《トコロ》カ　是《コ》レ他郷《タキャウ》ナル。

山東名産の葱は長く太くて　その生《なま》に
付け味噌がたっぷりと乗る。
同じ名産の白菜は　厚く柔らかく煮られて
炒めた豚肉にとろりと合う。
辛く煮た大きな海老。
空揚げの鯉。
生まれて初めて食べる山査子の実は
砂糖が加わり　甘酸っぱい。
そんな料理を　一方で齧りながら
わたしの速やかな酔いは　さらに乾杯を求めた。
かつてはなんの不審もなかった
李白の夢の

燦然と寂しげに鳴る音楽に
わたしの頭はこころよく混乱しはじめた。

今ここにある蘭陵酒は　無色透明で
いかにも白酒《パイチウ》らしい匂いだ。
盛唐のころ　蘭陵の美酒は
別の匂い　別の色をもった
醸造酒であったということか？
それとも　今と同じ蒸溜酒ではあったが
多年草である鬱金の根茎を
香料としてそのなかに浸したため
アジア熱帯ふうの香りを放ち
琥珀色に近い黄色が滲み出たということか？
いや　それとも　鬱金の香りの実体はなく
それは酒の匂いについて　選びぬかれた
きらびやかな比喩であったということか？
そして　琥珀の光りは
詩人が手にした玉椀が

白玉製や緑玉製ではなく
琥珀色の玉でできていたということか?
とにかく　へんにこんがらがってきたぞ。
それに　このときの李白の旅は
三十代なかばの
陽気な壮遊であったのか?
それとも　四十代なかばに
長安の都から讒言《ざんげん》で追放された
寂寥の放浪であったのか?
このときは　杜甫と洛陽で知りあって
おお　済南もいっしょに訪れているではないか。

こうした疑問や想像や伝記的な事実が
賑やかな宴会における
談笑や歌声のなかの
わたしのときおりの無言の淵のなかで
ぐるぐる　ぐるぐる
より親しい肖像へと　螺旋を巻いていた。

そのとき　わたしは宴会の広間の壁に
中国人が古来尊崇する山を見たのである。
泰山!
五岳の一つ。
済南のすぐ南に聳える　あの雄偉壮麗。
松の木立に
縹渺と　雲がかかっている。
横長の矩形の大きな画面に
墨の濃淡を主とし　ほかの色彩も少し用いた
伝統的な手法の
二十世紀後半の絵画。
山のなかには　摩崖に刻まれた文字があり
道教の神　それも女神が多く祭られているという。
おお　今
仙境にあこがれる後ろ姿で
馬車道を登って消えた人物は
四十代はじめの李白ではないか?

泰山の南天門のあたりで
あなたは長く口笛を鳴らすのだ。
すると　万里の遠くからすがすがしい風が吹き
少女が四五人　天から舞い降りてきて
ほほ笑みながら　白い手をさしのべ
仙界の酒という　あの
「流霞」の満ちた杯をくれるだろう。

泰山の天門山に登ろうとして
あなたは白い鹿にまたがるのだ。
すると　空を飛ぶ仙人に山際で逢うだろう。
かれの瞳は四角で　顔が美しい。
あなたが蘿《つた》をさぐって　近づこうとすると
かれは雲の門をとざし
鳥の足跡の書を　岩間に落としてくれるだろう。

泰山の日観峯に立って
あなたは黄河の西からの流れを見るのだ。
すると　緑の髪の童子があらわれ
あなたの仙道の学びはじめが遅いこと
そして　そのためあなたの若さが
もう凋んでしまっていること
そんなことを笑って　さっと消え去るだろう。

果物皿に盛られた　野性的な蜜柑が出た。
そろそろ　済南飯店の
宴会の現実にはっきり戻らなければ。
あすの未明は
紀元前の斉国城趾へ出発である。
そのためやや慌しく　もう
門前清《メンチエンチン》の乾杯だ。

ああ　李白！
済南は　清冽で豊富な
「泉の城」として有名だが
李白という泉まであるとは知らなかった。
酩酊のなかの酩酊。
ささやかではあるが　かけがえのない
それはわたしの思い出だ。

洛陽の香山で
――白居易の墓

伊河は　ことしの夏
五十年ぶりに氾濫して　凄かったという。
冬の初めのさざなみの伊河
そのゆったりとしたかなりの幅の中流が
晴天の午前　わたしの眼下で
古来の地形のままに括《くび》れている。
わたしが立っているのは
常緑樹の多い東岸のうえ
香山の北端をなす　小高い青山のうえである。
ああ　白居易
あなたの墓を背にして
あなたの晩年のそぞろ歩きの眼差しを
わたしは一心にまねようとしているのだ。

伊河をへだてた向こう側は　龍門山。
常緑樹は疎らで　茶色の地肌の多い
かなり離れた西岸である。
山麓にずらりと並ぶ　岩石の
洞穴や台座がじつに印象的だ。
それらは　ふしぎな生物があけっぴろげた
でっかい巣の群がりのような
あるいは　宗教と政治の合金による
開鑿《かいさく》の威力のさかんな弾痕のような
あの　龍門石窟である。

白居易
あなたはある秋ここに来て
東岸の菊の花　西岸の柳の陰《かげ》
瑠璃色の狭い水流　廻る小舟を
いとおしがって歌ったが
それらは　千年以上も経ったおまけに冬でも
現場の魔力か
懐かしく想像される。
洛陽の名花は今も　牡丹　芍薬　そして菊。

北魏から唐にかけて　熱烈に
石窟群に刻まれつづけた仏像は
季節の影響がほとんどない鉱物だから
それらについて　想像はいっそう生生しい。
昔ながらにいちばんすばらしい石仏は
南寄りの奉先寺の中央に　結跏趺坐《けっかふざ》して
両脇に迦葉　阿難　文殊　普賢　そのほかを従えた
巨大な盧舎那仏《るしゃなぶつ》だろう。
女帝武則天がモデルという「方額広頤《ほうがくこうい》」の
驚くばかり端麗な容貌が
そのころの政治の是非にかかわりなく
今もなお魅惑的である。

わたしはさきほど　西岸の仏洞を眺めて歩き
伊河にかかる龍門石拱橋を車で渡って
東岸の香山の腰に立つ香山寺に入った。
巨大な盧舎那仏の顔が　そこからは
なんと小さく　可憐に見えたことか。
白居易
あなたは衰えはじめた眼で　なお
対岸の石窟群を望んだか？

有能な儒臣のあなたは　五十代の末に近く
長安の都の栄華から遠ざかるかのように

洛陽の履道里において
高雅な閑職である分司や半俸の年金などのため
終老の自宅に落ちついた。
還暦の年の秋の満月の日には
唐代にはもう少し南に位置していた
北魏創建の香山寺を初めて訪れた。
熱心な仏弟子となり　香山居士と称したあなたは
荒れた僧院を修築し
僧と親しく交わって　僧房に泊り
経堂には自著を納め
白い髪　白い衣　竹の杖で
香山の山路をあまねく散策した。

ああ　白居易
卯酒《ぼうしゅ》まで好きな　酔吟先生
遠い異国の現場の微風に染められて　わたしは
あなたの優遊自適の眼差しを求めるのである。
いや　その視線を逆にたどって
心の奥を少しでも感じようとするのである。
わたしが欲しいのは
仏教にも　儒教にも　道教にもかかわらぬ
深く密かな　あなたの悲しみ——
わたしの胸の底まで突き刺す
あなたという存在の
ほとんど中枢の悲しみだ。

若いころ書いた　人民のための
諷諭詩を遠く忘れたかのように
あなたは空門に入った。
愛貪《あいたん》声利はすでに過ぎて
病羸昏耄《びょうるいこんぼう》はまだやってこない　とする年月
——恬淡《てんたん》にして清浄の日日。
ほかには　山水を行く筋力と
管絃を聴く心情
そして　酒を味わう感覚と
詩を試みる高揚があれば

東都に中隠の生活は
それで満ち足りるというのだろうか？

とはいえ　あなたは死の二年前
若いころの兼済《けんせい》への夢を取り戻すかのように
あるいは　老いてからの
功徳による浄土への夢を描くかのように
家財を大きく割いて
龍門潭の怖ろしい険路を
安全なものにまで切り開いたこともあるのだが――。
それは　たいていの船や筏が破傷し
冬には　饑凍の声が終夜聞こえてきたりした
残酷な難所であった。

白居易
あなたの墓を　わたしはふりかえる。
「唐少傅白公墓」と刻んだ
清代に建立の石碑があり
その向こうが　十九本の柏樹などに囲まれた
琵琶峰
という名の塚だ。
まさしく　巨大な琵琶が浮き彫りにされた
長い鐘愛の土
長い逍遥の山路の一角。

あなたは　祖父母　父母　末弟
また　幼くて死んだ　いとしい娘や息子という
白家一統の懐かしい遺骨を
渭水の北側の故郷の地
下邽《かけい》に集めた。
にもかかわらず　あなた自身は
偕老の妻　夫に先立たれた娘　二人の孫
そして　かなりの終身年金の傍らで
七十五歳の生涯を終えたあとも
洛陽から離れることはなかったのである。

あなたの恵まれた晩年に　しかし
わたしはなおも耳を澄まし
幼いほど素朴な悲しみの一つに
やっと行きあたる。

限《カギ》リナキ少年《セウネン》ハ　我《ワ》ガ伴《トモ》ニ非《アラ》ズ。
憐《アハレ》ムベシ　清夜《セイヤ》　誰《タレ》ト同《オナ》ジクセン。
歓娯《クワンゴ》ハ牢落《ラウラク》トシテ　中心少《チユウシンスク》ナク。
親故《シンコ》ハ凋零《テウレイ》シテ　四面空《シメンムナ》シ。
紅葉《コウエフ》ノ樹《キ》ハ飄《ヒルガヘ》ル　風起《カゼオコ》リシ後《ノチ》。
白髪《ハクハツ》ノ人《ヒト》ハ立《タ》ツ　月明《ツキアカ》ルキ中《ウチ》。
前頭《ゼントウ》ニハ　更《サラ》ニ　蕭条《セウデウ》タル物有《モノア》リ。
老菊《ラウギク》　衰蘭《スイラン》　三《ミ》ツ両《フタ》ツノ叢《クサムラ》。

履道里でも　香山でもよい。

あなたは　たとえば
若いころから好みの杜康酒《トウカンチウ》を嘗め
抜け残っている歯で
土地の名産　大きな茸の猴頭《ホウトウ》を齧り
声がはずんできた喉で
近作の自画像詩「東城晩帰」を吟じ
漆を塗ったなじみの琴で
懐かしの古曲「幽蘭」を弾いた。
しかし　満たされないなにかが　不意に
噴き出たのだ。
友愛がすべて失われてゆく老年の孤独が――。

おお　白居易！
晩秋の月明にひとりで立つあなたの溜息を
初冬の白日の墓前で
わたしはひそかに聞き
ようやく　あなたの思い出から去ったのである。

地平線を走る太陽
——洛陽から北京へ

十二月一日　好天の洛陽で
わたしたち一行四人が乗ったのは
西安の方からやってきて
北京へ向かう夜行列車。
ほとんど定刻どおり
十八時二十四分に発車した。

一つのコンパートメントの四つの寝台に
東京からやってきた日本人の作曲家
同じく　出版社の社長
同じく　物書きのわたし
そして　案内役である
北京の中国人民対外友好協会の青年。

列車は　夜の闇のなかで
冬の流れがゆるやかにたゆたう
黄河を渡り
邯鄲の夢ならぬ
四人の同地での眠りを載せ
太行山脈の東側に沿って
華北平原を　ほぼ北北東に進んだ。

石家荘を過ぎ
保定を過ぎ
風は蕭蕭の易水が
南拒馬《なんきょば》河に合流するあたりを越えたころ
暁闇のなかで四人は目覚めた。
食堂車での早飯《ツァオファン》が楽しみであった。
昨夜八時半　そこで特に作ってくれた
晩飯《ワンファン》の六皿は
暖かい心のこもる美味であり
「こんな食堂車は世界にない」　とまで

日本人の一人は言ったのだ。

通路の両側に　合計十二の食卓。
そのうえに　一つずつ植木鉢。
車窓の壁には　いろいろな貝殻細工。
料理を出す仕切り口のうえには
「人民鉄路為人民《レンミンティエルーウエイレンミン》」という　横書きの文字。
調理場からいちばん遠い一隅の食卓のうえには
回教徒の　豚を食べない
「清真席《チンチエンシー》」という　縦書きの表示。

列車の外は　まだ暁闇である。
がら空きの食堂。
わたしたち四人は　昨夜と同じく
「清真席」の隣りの食卓に坐っていた。
淡泊なもの　そして　覚醒的なもの
やはり　期待に背かぬおいしさだ。

七時十九分。
進行方向に向かって右側
車窓の風景の　斜め後方の平野に
太陽が昇りはじめた。
それと対照的に　左側
車窓の風景の　斜め前方の丘のうえでは
全円に近い月が
これは先ほどから　ずっと
浮かびつづけている。
朝食のため
なんとすてきな眺めではないか。
わたしにとって初めての経験である。
「北京まで　あと三十分ほどです」
中国の青年が言った。

おお　太陽！
なお薄暗い平原の果ての
樹木の群れの影絵のかなたで

列車の進行方向へと
地平線を突如走りはじめた太陽！

おお　残月！
なお薄暗い空のなかで
ちぎれ雲に取り囲まれ
列車の進行と逆な方向へと
丘のうえを突如飛びはじめた残月！

夜明けの食欲を不意打ちした
列車の軌道の
なんという情熱的な曲線だろう。
太陽と残月は
それぞれに右と左の車窓の視野から
たちまち　消えてしまった。
七時二十四分。

そうだ　わたしたちは
後漢に創建の白馬寺
北魏から唐にわたって開鑿された龍門石窟
あるいは　隋と唐の
食糧の地下貯蔵庫　含嘉《がんか》倉《そう》
そんなものを見学してきたばかりだ。
洛陽のなかの古代の都から
千年も　二千年も飛び越えて
いっきょに　二十世紀後半の
北京の朝の
眩しさに降り立つのである。

より爽やかな到着のためには　たぶん
天変地異にすこし似た
たいへん美しいものによって
意識を　しばし
空白にしておくといいのだ。

ああ　鉄道が
風景と示し合わせた
なんという歓待だろう！

望郷の長城
――海の匂い

万里の長城の　烽火台に立つと
ふるさとの海の匂いがした。

おお　大連
致命的なわたしの夢。
どこから立ち昇ったのか
星の海の遥かな匂い。

同行の誰にも見えない
なんと奇妙な
なんとはかない烽火《のろし》だろう。

澄みきった水の底には
波で円くなった　無数の小石の
絨毯が敷かれている。
それは　太古の夜空から
落ちて　砕けて　散らばった
星のかけら。
幼いわたしは　ボートのふちから
童話めいたその伝説の
水の底を覗きこむ。
頭から
真逆さまに落ちるまで。

しかし　いま
招待の中国旅行の東北の果ては

この甬道《ようどう》まで。
同行の日本人仲間からぬけだし
黙ってひとり
望郷の長城は越えられない。

黙ってひとり
まるで脱走するかのように
夜の混雑の北京駅から
さらにさらに東北へと
見知らぬ他人の　夢の列車を乗りついで
遼陽の白塔をめぐり
数えれば二十八年もへだてて
生まれふるさと大連へ
思い出の　砕け散ったかけらどもに
逢いに行くことはできない。

明後日は　西の雲崗で
石窟の仏像を眺めているだろう。
六日後は　北京に戻って
地下壕の白の世界を巡っているだろう。
九日後は　南の杭州で
西湖の金魚に餌をやっているだろう。
定められた道のりを　仲間と
たどるよりほかはない。
同行乾杯《トンハンカンベイ》！

もしかしたら　後半生の
わたしの心と体の劇は
八達嶺で長城に登ったそのとき
生まれふるさとにいちばん近づいていた
ということになるのかもしれない。

長城で
——境界線の矛盾

万里の長城の　頂きの道は
歩くとほのかに暖かく
ときおり　横からの微風が
頬に冷たく爽やかである。

おお　どこまでも透明な
十一月末の晴天。

嶺から嶺へと這っている
磚《れんが》の鱗をまとった
奇蹟めいて巨大な
龍の胴体。
山景に没して見えない頭と尾は
遠い昔から

おそろしく遥かな
海や沙漠にのめりこんでいたのか。

長城の線は春秋以来さまざまというが
いまは　眼前のものを典型としよう。
このうねる匍匐の意志につれて
左右に分裂したのは
ときに荒荒しい激突の
ときに穏やかな交流の
涯しもない思い出の
歴史の山野である。

秦　前漢　後漢
魏　西晉　隋
唐　宋　明などが
否応なく向かいあった
北方　東北方　西北方の民族を

わたしはいくつも思い浮かべてみる。
匈奴　烏桓　鮮卑
柔然　突厥　回鶻《ウイグル》
契丹《キタイ》　黨項《タングート》　女真
蒙古……。

太陽は中天。

わたしの南の手は
やがて湿潤して　鋤鍬や筆墨を操るか？
わたしの北の手は
やがて乾燥して　牧笛や手綱を操るか？
おお　聞きなれぬ
甲高い鳥の叫びの
めぐる円陣のさなかで
わたしの位置はほとんど
風土の境界そのものだ。

やがて夜がきて
月の眼が地球の長城の線に
くりかえし驚くとき
わたしは　北の丘で死んで行く
遊牧騎馬の　若い奴隷の兵士だろう。
馬乳酒《コスモス》のきのうの宴《うたげ》
別れを思わず
そこで舞った　異族の娘よ！
そして同時に　わたしは
南の林で死に絶えようとする
農耕定住の　若い徴募の兵士だろう。
文明の子である自分の耳に
幻聴の胡笳のひびきは
なんと寂しく　美しいことか！

わたしは　自分の顔を忘れる。

どこかたいへん遠方の国に
訪れようとしている激烈な地震を
自分の心臓という
柔らかい堡塁に感知する。
世界にはなぜ　境界が必要なのか？
城壁の幾何学的な複眼は
どこまでも並んでつづいており
そこへ幻の鏑矢が　一瞬
唸りながら飛んでくる。
わたしはどちらの側にも倒れたくない。
いや　どちらの陣にも加わりたいか？

境界を歩きつづけていると
心も体も　しだいに痺れてくる。
わたしはほとんど
戦いの矛盾そのものだ。
わたしはほとんど
万里の長城そのものだ。

白楊の新芽

冬の初めの晴天
乾いた空気
北京郊外の昌平路。

どこまでもつづく楊樹や柳樹の並木に
ときどき混じって
多くは滑らかな肌の白楊が
心臓のかたちの葉を落としつくし
早くも　裸の枝枝に
微かな緑を点描している。

もう　春？
まさか！
わたしは愚かにも頭を混乱させた。
わたしはなにを期待していたのだろう？

少年の日の憧れにも似た　あの
新芽のさざなみ。
そのことだけは　まちがいないか？
疾走する自動車の窓から
わたしはあらためて眼を凝らす。

鮮やかすぎるほど　青く澄んだ
冷たい空を背景にして
いじらしげに淡く煙る
なんと早立ちの
緑の夢。

おお　海のかなたの東京からの
中年の旅行者の胸のなかを
ほのぼのと素通りした

束の間の
錯覚の春。

あたりは　冬枯れの並木のほか
灰色や薄青色の磚《れんが》の家屋
また　薄茶色の石の塀など
そんな　やわらかな
中間色の風光である。

自動車や　馬車や　羊や　リヤカーが
悠悠雑然と往き来している
幅広く　平坦な道路。

橙《だいだい》の太陽の位置は
午後三時すこし前。
空にはもちろん　地上にも

犬と猫の姿が見えない。

新芽の白楊についで
だれかが言った戯れの名は
「眼睛樹《イエンジンシウ》」。
幹から枝が離れた傷痕《きずあと》は　なるほど
静かで大きな眼のようだ。

往来にあらわれる
どんな有為転変の眺めでも
ぐいと呑み込む
傍観の眼――。

半幻想の翎子《リンツ》
――京劇の教室で

京劇の後継たちを鍛えぬく
稽古場の鐘が聞こえた。

ある大部屋をのぞく。
丸坊主の少年たちが　三十人ほど
蜻蛉《とんぼ》のように
空中で縦に回転し
車輪のように
床上で横に回転し
束の間　グライダーのように
空中を滑走する。

ある中部屋をのぞく。
並んで坐った二人の少女が

画眉《ホワメイ》のように
甲走る可憐な喉を
裂けんばかりに震わせている。
月琴《ユエチン》のような
中年肥りの男の教師が　その合間
ロンロロ　ロンロンロン！
と　二黄《アルホワン》の拍子をひくく唸る。

ある小部屋をのぞく。
すると　女主人公の演技をする
一人の少女が
美という漢字そのものに
ついになかば変身したのである。

＊

十六歳ぐらいか
閨門旦《クィメンタン》の少女は　はじめ
円顔があどけなく　頼りなかった。

冠から生えた　二本の
すごく長い　柔らかな角――
左右に分かれた
色鮮やかな　雉の翎子《リンツ》も
ただのどかに揺れるばかり。
飾りのための飾りであった。

しかし　やがて少女は
疑惑の椅子から立ちあがる。
誰かが潜んでいるのではないか？
と　そんな雰囲気に気づき
和やかであった眼を
暗く　険しく光らせるのである。
冠の二本の翎子も
いらいらとまっすぐ突っ立ち
派手な部屋の天井を差すのだ。

ふと　円顔がうつむいた。
縞模様の二本の翎子も
斜め前にたおれた。
その右の一本の尾の先と
少女の両手の指の先が
棘の痛みの戯れをする。
まるで　心は遠くに飛んでいる
恋の嫉妬のしぐさのようだ。

少女がいつのまにか
三歳ほど成熟している。

潜んでいた敵
得体の知れない男があらわれた。
少女は　花やかな旗袍《チーパオ》のなかで
細腰をさらに引き締め
襲撃に　きっと身がまえる。

護身の武器はかくしているか？
二本の翎子が　頭の両側で
大きくふくらむ輪を描き
せいいっぱいの威嚇を示す。
少女は　それらの輪の鋭い末端を
可憐な蝶のくちびるに
凛凛しく啣《くわ》えるのである。

震えだしそうな五体を
彩鞋《ツアイシエ》の両足でようやく支え
少女は眼に　怖いほどの
燃える怒りの火の矢をつがえる。
闖入の理由を言え！
ところが困ったことに　相手は
すがすがしい小生《シアオション》の青年だ。

聞こえないが　おお　どこかで

二胡《アルホウ》が弾かれ
哨吶《スウオナ》が吹かれ
見えないが　どこかで
商人と駱駝が　ゆっくり
城の門に入ってくる。

少女は　いまや
混乱する頭の
冠を左右に揺さぶるばかり。
少女は　ついで頭を垂れ
まっすぐな形に戻った二本の翎子を
空中でせつなく濯《ゆす》ぐ。
まるで　二本の翎子の
自分の肉体からの
上昇的で　感情的な
細く　長く　シンメトリックな
延長の意味を
自分自身に尋ねているかのようだ。

――こんな演技のくりかえし。
それも激しいくりかえし。

わたしが　小部屋の壁にもたれ
仮の舞台に間近く
長いあいだ立ちつづけていると
おお　少女はついにある一瞬
なかば変身した。
ヒロインのふるまいを底光りさせながら
美という漢字そのものに
なかば化したのである。

見ろ
美という漢字は
頭のてっぺんに

羊の二本の角を
上昇的に　感情的に
斜めの形のシンメトリックに
生やしているではないか。
細腰は　どこまでも引き締まり
追いつめられてこそ逆転的に成立する
自立の縦の一線を
ひそかに讃えているではないか。
そして　腰からしたの
大いなる裾のふくらみに
人の二本の足を隠し
けなげに　その力で
全体を支えているではないか。
美よ。

稽古場をめぐり歩いて
そのおしまいに　なんと
古代から伝わる一つの漢字が
生きて　潑溂と演技するさまを
うっとり眺めることになろうとは！

わたしは　この贈物を
現代化の北京における
忘れがたい思い出の一つとしたのである。

註

画眉（ホワメイ）　小鳥の頰白。

月琴（ユエチン）　四弦の楽器。指による撥弦。胴が平たく円い。

二黄（アルホワン）　京劇の曲調の一つ。「重厚で沈痛な感じ」をもつと言われる。

閨門旦（クイメンタン）　京劇の令嬢の役。

翎子（リンツ）　鳥の翼や尾の一本となった長い羽。京劇では、雉か孔雀の尾の長い羽。

旗袍（チーパオ）　婦人服のワンピースの一種。京劇のものは日常生活のものより豪華で部厚い。

彩鞋（ツァイシエ）　彩色され装飾された短靴。

小生（シァオション）　京劇の二枚目の役。

二胡（アルホウ）　二弦の楽器。弓毛（白または黒の馬尾）による擦弦。胴は小さく六角筒、八角筒、または円筒で、蛇皮を張る。

哨吶（スウォナ）　日本のチャルメラと同系の喇叭。


（『初冬の中国で』一九八四年青土社刊）

短篇小説

蝶と海

　その坂の上に立って海の方を眺めるということは、私にとって東京を出発する前から心を躍らせる計画の一つであった。一九八二年十二月に、私は自分が生まれ育った大連を三十四年ぶりに再訪したが、中学生のころ数回そこをたまたま歩きながら無心に眺めた風景を、今度はまるで神秘的な地点にでも立ち止まるような思いをこめて眺めようとしたのである。

　春、一匹の蝶が海の上を飛ぶ、というきわめて短い詩が、どうして自分の少年時代から現在にいたるまで、それをじっくりと読むたびに、爽やかで生き生きとした深い情緒を覚えさせるのか？　この謎はすでにいくらか解いているつもりではあったが、自分として解けるだけ解いてみたかった。そのために好ましく新しい糸口の一つぐらいは、詩が着想されたと推定される地点に立てば、いわば現場の魔力によってあたえられるかもしれないと思った。

　ここまで書けば、問題の詩はすでにあらためて記すまでもない有名なものかもしれないが、安西冬衛の処女詩集『軍艦茉莉』（一九二九年）に含まれている次の一行詩である。

春

てふてふが一匹韃靼海峡を渡つて行つた。

　私は日本人のある団体の一員として東京から上海に飛び、その後は北京、済南、淄《し》博《はく》、鄭州、洛陽などを回ったが、中国における友好と見学の旅程を終えて団体が東京に戻るとき、私だけそこから別れて単身となった。そして、北京から空路で大連に向かったのである。中国人民対外友好協会の青年一人が同行してくれたが、大連空港に着いたときから大連市外事弁公室の青年一人も案内に加わってくれた。また、見学のために自動車が一台あてがわれた。

大連滞在の二日目の午後、私がまず訪れたところは昔通った大連第一中学校の建物である。卒業してから一度も訪れなかったその校舎のなかに、四十二年ぶりで入ってみた。今は大連工学院の一部となっている。

この建物が立っている場所は市街内部のいちばんの高台で、かつて伏見台と呼ばれていた。その広い伏見台のさらにてっぺんはどこであったかというと、たぶん、大連一中とそのほぼ東北側すぐの場所に位置する電気遊園とのあいだの坂道を登りつめたあたり、ならびにそこに接続する電気遊園の一部であったろう。かなりの傾斜であったその坂の上に立つことを、私はおおいに期待したのである。

電気遊園とは、日露戦争が終わった数年後に南満洲鉄道株式会社、通称でいえば満鉄が建設をはじめたもので、電気を利用した娯楽施設、たとえば回転木馬、イルミネーション塔、活動写真館、標的の動く射的場などを中心にし、ほかに図書館、料理店、音楽堂、動物の檻なども加えた多角経営の公園であった。その時点では市民にとってきわめて新鮮なもので、たまたま一九〇九年に大連を訪れた夏目漱石は、学生時代からの親しい友人である満鉄総裁の中村是公からその構想を聞き、日本の内地にはまだないモダンなものとしてそれをこのときの紀行にも書きとどめている。一九四〇年ごろ、小村公園と名称を改めたが、それは日露戦争直後の外交で活躍し、満鉄設立に大きな影響をあたえた外交官の小村寿太郎の姓を記念のために取ったものであった。

私が大連を再訪したときは大連動物園となっており、動物の種類がたいへん多くなっていた。図書館、映画館、料理店などはなくなっていたが、昔のものがやや形を変えて同じ位置にあるというものもあった。それはたとえば回転木馬の場合で、木馬が木車とでもいうか、木製のオープンカーの小さな模型に変わり、その群れが昔と同じ場所でぐるぐると円周を描きながら回っていた。

どうしてその坂の上に狙いを定めたかというと、ほかならぬ安西冬衛自身が詩作から三十数年後に北九州市で行った講演において、次のように語っていたからである。

「てふてふが一匹韃靼海峡を渡つて行つた」という私

の当時の代表作は、大連の電気遊園――この公園のことは漱石の「彼岸過迄」という小説の中に出てまいります――の樹墻に沿うた坂道をのぼりつめて眼下に屈曲して深く入った大連湾の海光に接したとたん、雷撃的に私の頭にひらめいたイメエジを一行の詩に昇華させたもので、丁度、洞海湾を高塔山から展望した鳥瞰した風景と境涯が酷似しています。

断るまでもあるまいが、「洞海湾を高塔山から」という展望の形は、講演をしている場所である北九州市の地理から選んだ例であり、大連の場合と比較させたものである。

詩人は大連の伏見台の坂の上からの展望とそこにいたる坂道にずいぶん惚れこんでいたようだ。ほかの詩や散文でもそのことをくりかえし述べているが、『軍艦茉莉』が刊行されたころ別に雑誌発表された詩「韃靼海峡と蝶」のある部分では、この坂道とその傍らの電気遊園におけるアメリカから輸入されたオルゴールつき回転木馬がモデルとなっていた。

私を乗せた俥は公園に沿うて坂を登つていつた。曇天の下でメリイゴオランドが将に出発しようとして、馬は革製の耳を揃へてゐた。しかし私を乗せた俥は、この時もう曇天を堕して坂を登り尽してゐた。

二度用いられている「曇天」という言葉がやや難解だが、それは回転木馬の上にかかっている茸の笠のような形の円屋根を暗喩していると思われる。したがって、坂を登りつくしたときこの「曇天」を眼下に「堕《おと》して」いるわけで、そのかわり頭上にはたぶん晴天があったことだろう。

詩人はあるときから右足が義足であった。そのため、少しでも遠くへ遊覧に出かけるような場合には、(彼が住んでいる町から電気遊園まではおよそ二・五キロであった)「私を乗せた俥《くるま》」という語句が示しているように、ほとんどの距離を人力車や馬車に乗り、歩くことはたいへん少なかった。

この義足は次のような事情によっていた。

安西冬衛は一九二一年四月、二十三歳のとき、大連にある満鉄本社に入社したが、同年十月に大連病院に入院し、膝関節に結核が生じて痛む右足の切断手術を受けた。転移を防ごうとするためでもあった。翌年一月に必要があってふたたび右脚の切断手術を受けたとき、二週間後に切断口から多量の出血があり、危険な状態におちいったが、すでに老境に入っていた父の安西卯三郎と温情の看護婦長の当時としては珍しい献身的な輸血によって救われた。

一九二三年四月に全快して義足をつけ、退院して父の住居に戻った冬衛は、満鉄を退社し、そのころから詩作に打ち込むようになった。すでに二十歳前後に短歌や俳句や短い詩を少し試みていたが、人生のこの大きな危機を乗り越えて新しい境遇を意識したとき、自分を支えて生きて行く道を詩の世界のなかにこそ見いだしたのであった。

そこには、詩作の天分を秘めている青年にたいし、ほかの仕事はすべて捨てて詩作に専念するようにと、病院における大きな手術をもって強く誘った運命のようなものが感じられる。あるいは、肉体的なその受難を逆転させて、自分の詩作の才能を大きく開花させる契機にしようとした孤独な人間の自立への勇気のようなものが感じられる。

ふりかえってみると、安西冬衛は一九一六年三月、十八歳のとき堺中学校を卒業し、東京に行って受験のために予備校に通ったが、そうした勉強になじめなかった。そのころ父は堺市立女子手芸学校長であった。冬衛は堺の家に戻り、勉学しながら一時的な勤務をしたり、小旅行に出たり、俳句や短歌を作ったりしていた。兄の正雄が幼いときに亡くなっていたので、彼は溺愛されたひとりっ子であった。転機は二十一歳の秋にやってきた。

前年の一九一八年に、父が転職して肥塚商店大連支店長として大連におもむいており、仕事の手伝いに来ないかと呼ばれて、冬衛もまた大連に渡ったのである。この支店は酒類、ゴム製品、諸機械そのほかを扱い、また満鉄が必要とする事務用品などを整え、店の建物は繁華な大山通りに面していた。冬衛は父が住むその二階に落ち着いた。ただし、冬になって一度帰国し、翌年、胃がんのため病気入院中の母セイが亡くなってから、また大連のその住居に戻っている。そして翌年の四月に満鉄に入社したのであった。

大きな手術の成功後、詩作に専念するようになった冬衛は、退院の翌月の五月から、父が借りてくれた郊外の桜花台の瀟洒な一戸建ての家で、中国人の従僕、王辰《ワンチエン》之《チー》と暮らすようになった。

山東省芝罘《チーフ》出身の王兄弟三人がいて、一番上が肥塚商店大連支店でコックをしていた。その縁で、三番目が安西冬衛の桜花台の家に従僕として住み込んだが、家事が不得意、おまけに無断で遊び歩くことが多かったから、すぐ解雇され、その勤めを継ぐことを二番目の王辰之が依頼されたのであった。

桜花台の家には、生活費を出してくれる父がときどき泊まりにきた。三十年近く前に幼い長男を喪い、数年前に妻を喪っていた父にとって、冬衛は家族のなかでただ一人残ったかけがえなく大切で懐かしい存在であったろう。

桜花台とは、市街の交通の中心の地点である常盤橋《ときわばし》(現在の青泥窪橋《チンニーワチアオ》)から南南東の方へ伸びて老虎灘の海岸に達する街道を、三分の一ほど行った左側の高台の町である。

路面電車が走っているこの街道を、さらに少し老虎灘の海岸の方へ行った今度は右側に初音町という町があった。この町の西南端、中国人の民家の一群があるあたりのさらに西隣りの丘の上に、白系ロシア人のギリシャ正教の教会があり、その傍らに白系ロシア人のかなり広い墓地があった。

一九〇四年、日露戦争が勃発した直後、大連港(そのころの名称はダーリニ港)の入口で、ロシアの軍艦エニセイ号は約七百個の水雷の敷設をもう少しで終えようとするとき、作業の不充分のためか、それらのなかの浮遊していた一個の水雷にぶつかって沈没した。その事故による死者の一部が、この墓地に埋葬されている。

一九三六年には、世界的に高名なロシアのバス歌手フョードル・シャリアピンが公演のために大連を訪れたが、そのとき彼はこの墓場に詣でている。

王辰之は桜花台の家にやってくるまで、初音町のこの教会をあずかる神父の家で働いていた。彼はとても背が高く、気は優しくて力持ちといった感じの人物であった。足の不自由な主人の世話をするときも、護衛をするときもたいへん親切であった。

日露戦争後から第二次世界大戦終了までのほぼ四十年間の大連で、一家の主人が日本人、その従僕が中国人という場合、従僕は現地を租借地として支配する日本の一員である主人に対し、たとえ個人的には親愛の情を覚えても、普通少なくとも無意識的には、そうした政治的関係による敵意ないし反撥を抱いたことだろう。

しかし、この安西家にあっては、従僕がもともと優しい性質であっただけでなく、彼が義足の主人をいわば独占的に保護するというある意味で優越の立場にあったこともあり、そうした敵意ないし反撥は可能性においてすでに中和されていたのではないかと思われる。

おもしろいことに、安西冬衛を中心とする同人詩誌「亜」、——日本の詩のモダニズムの一先駆とされるその三十五冊が、彼の家と所番地を同じくし、町内における移転もいっしょにする亜社から発行されたのは、一九二四年十一月から一九二七年十二月までで、その期間は、彼が桜花台の家に独身でこの従僕と暮らしていた年月、すなわち、一九二三年五月から一九二八年五月までの中間にぴたりと入る。

そのことに直接かかわる作品に、「亜」第九号に載っているこのような二行詩がある。

教会

ハナシスル
宅の支那人は会堂を捉《つらま》へて、あのやうに言ふ。

この詩のモデルは、今しがた触れたギリシャ正教の教会だろうとすぐ想像できよう。

その教会に属している墓地を、冬衛はたいへん好んでいた。寂しい丘の上の墓地は、彼がいつ訪れても深閑としていたが、ときたま教会の讃美歌やオルガンが爽やかな静かさで聞こえてくることがあった。一年中でいちばん美しい五月には、短いあいだではあったが、墓場のなかに数多く植えられた落葉低木の山査子が可憐な五弁の白い花をつけ、石碑を飾るような風情を示していた。また、墓場の周りにある落葉高木のアカシヤが白い花房をつけ、微風のなかで甘い香りを放っていた。

その教会の神父の家で働いていたため、白系ロシア人の美しい墓地があると知っていた王辰之が、詩人をそこに馬車で案内したのがはじまりであったろう。その後は、詩人の方から近くのあそこへ行こうとときどき言いだしたにちがいない。

そして、たぶん最初のうちのあるとき、墓場の中かその周りのどこかに立って、王辰之は教会を指さしたが、教会という日本語を知らなかったため、自分の知っている数少い日本語のなにかを用いて言い表わそうとし、「ハナシスル」と言ったのだろう。彼は教会のなかで神父が説教するところを何回となく眺めていたはずである。

そんな想像が自然に浮かんでくる。

この情景には、そのころの大連において日本人と中国人と亡命の白系ロシア人が微妙にかかわりあっている、ある日常的な国際性の雰囲気が感じられよう。

もちろん、そうした想像は、二行詩「教会」の表面だけを問題とするとき、深読みにすぎるものである。過不足のない鑑賞のためには、過剰な想像の前提となったところの、詩には出ていない私的な人間関係などを消し、ずっと抽象的なものとなる興趣を感得しなければなるまい。

ついでに記すと、冬衛は詩集『軍艦茉莉』において、この詩の定稿の本文を「ハナシスル」という一行だけにし、さらに抽象的なものとなる興趣を狙っている。

しかし、桜花台の家で冬衛が中国人の従僕とともにはじめた生活に、また「亜」の編集とそこに載せる詩のための彼の制作に、今しがた指摘したある日常的な国際性の雰囲気が漂っていたことはまちがいないだろう。そうした雰囲気は、さらにほかの東洋や西洋の国の人たちの存在をも吸収して、大連にいたころの彼の詩作の地盤に深く浸みついていたようだ。

安西冬衛は一九二八年五月に、いいかえれば「亜」終刊から五か月ほど経ったころ、堺からはるばる大連に渡ってきた九歳下の恋仲の従妹、藤井美佐保と結婚し、桜花台の家で暮らすことになる。

恋仲といっても、それは珍しい形で成立したものであったろう。同人詩誌「亜」の創刊号の一冊がキューピッドの矢となり、大連から黄海を越えて堺に飛ぶことによって始まったように見える。

冬衛は一九二四年十一月に新しい意欲をもって仲間の同人三人と「亜」の創刊号を出したとき、それを堀口大学、三好達治、竹中郁、外村茂など日本内地のかなりの数の詩人や小説家に評価を期待して送ったが、親類では堺に住む叔父の藤井善澄にたぶん出版を喜んでもらえると思って送った。

善澄は冬衛の父の妹のみつの夫で、開基以来四百年を超える寺の相続を弟に譲り、情熱を覚えた児童教育に四十五年の生涯を捧げた人である。文芸を好んで俳号を持ち、音楽を好んで尺八やヴァイオリンなど和洋の楽器を操り、また、俳画ふうの絵も描いた。

彼は俳句に関心を示しはじめた十八歳ごろの冬衛に、俳誌「ホトトギス」をあたえ、堺の俳人山本梅史を紹介している。冬衛がこの叔父を訪れると、二人はたいてい長い時間楽しく話し合うことになった。

文学者が少年少女時代に、学校の先生や友人、あるいは家族や親類のだれかといった身近な存在から、その実際の人柄を通じて文学への刺戟を直接に受けるということは少なくないだろう。冬衛の場合には、この叔父がそうした存在であったにちがいない。

善澄は「亜」の創刊号を楽しそうに開き、しばらく読んでから、「変わった詩やなあ」と言った。そして、読み終わったとき、傍らにいた十七歳の長女、――創立されたばかりの大阪府女子専門学校の家政理学科一年生、いいかえれば第一期生の美佐保に向かって、「おまえ、ちょっと代わって受け状出しておいて。後でまた出すからな」と言った。

彼は甥の文学の仕事の同人詩誌による出発をおおいに喜びながらも、二十代半ばの詩の新人たちが示す現代性にちょっと戸惑ったのかもしれない。その現代性には、世界大戦後で関東大震災後であるという、自分が一応心得ている日本内地の新しく捉えがたい現実だけでなく、大陸の一突端において、ロシアが残した青写真を超える近代的な建設をめざす国際的な都市大連という、自分がまだ実際には知らない特殊な現実もまた、なんらかの程度に反映しているように感じたことだろう。

そのとき善澄が美佐保に向かって口にした言葉がある運命のさきがけになるとは、二人はまったく思いもしなかったにちがいない。

美佐保が「亜」創刊号を送ってもらった礼状を出すと、冬衛は第二号から送り先を彼女にした。そこから二人の文通がさかんに始まった。毎月、大連と堺のあいだを、新しい「亜」とそれへの感想が行き交い、それにつれて、二人は別に個人的な生活の消息を知らせ合うようになった。

美佐保には九歳上の従兄である冬衛について、二つほど懐かしい思い出があった。一つは、幼稚園に行く前の幼いころ、母みつに連れられて安西の伯母セイを訪ねたとき、部屋に飛んできたので欲しくなった黄金虫を、冬衛が捕えて小さな箱に入れてくれたことである。もう一つは、小学生のとき、安西の伯父卯三郎が大連に行くことになり、その家の整理の手伝いにやはり母に連れられて行くと、冬衛が陶製の四角い筆洗と鉱物の標本箱をくれたことだ。

一九二五年二月に出た「亜」の第四号は、美佐保の心を激しく揺さぶった。そのある頁に「安西冬衛画像」が出ていたのである。それは彼が訪ねて行った知人の部屋で、本人が知らないうちに、別の知人によってデッサンされたものということであった。

たぶん畳の上だろう、和服の冬衛が坐っている。義足の右足を前に投げ出し、そこに半ばかぶさるような立膝にした左足の上にノートを載せ、なにかを一心に書いている。そんな姿が、本人にとって斜め左前の位置から、なるほど本人は気がついていないような雰囲気のなかで、コンテか木炭で描かれている。

美佐保は冬衛の右足切断手術をその直後に知っており、彼とその父にたいへん同情していたが、思いがけなくそれから三年ほどして現われた冬衛の画像に手術後の形がありありと出ているのを見て、それまでの心の痛みとはまた別種の不意の深い衝撃を受けた。画像とはいえ視覚はやはり強烈であった。彼女は湧き上がってくる涙を抑えることができなかった。

そして、こんなことを思った。――女専を卒業して資格免状をもらえたら、親孝行はちょっと先に延ばし、大連で就職して、哀れな安西父子のために、せめて一時期でも家事や裁縫の手助けをしてあげることにしようか？

「亜」が四年目の一九二七年に入って二月に第二十八号を出してしばらくしたとき、平穏な日日をくりかえしていた大連の桜花台における安西家の生活にある変化が生じた。よく泊まりにきていた父の卯三郎が久しぶりに船に乗って帰国し、堺を訪れたのである。この旅行は商用のため、彼の亡母の五十回忌法要のため、そして、冬衛が美佐保との結婚を希望していることを彼女とその両親に伝えるためであった。

この求婚の話は美佐保にとってもその両親にとっても大きな驚きであったろう。両親はもともと冬衛に好意をもち、彼が受けた手術にも同情していたので、この問題を前向きに聞き、決定は娘自身の気持ちにまかせた。

美佐保は以前自分の将来について、科学者の妻になることを漠然と思い描くような娘であった。しかし、「亜」創刊号が送呈されてきたことをきっかけとする冬衛との親しい文通がもう二年数か月もつづいていたので、少なくとも無意識的には、この求婚をやはり現実のものとなった運命のようにも感じたのではないかと思われる。

彼女は大連からやってきた伯父に向かって、念を押すようにこういう考えを述べた。――夫とは純粋な愛情で結ばれたい。したがって、よく働いてくれるだろうという生活上の打算で嫁にきてくれというのであれば、それは悲しい。

卯三郎はこれに対し、冬衛は美佐保その人をほんとうに欲しいと言っているのだ、と強い調子で応じた。

この返答にもちろん偽りはなかったろう。ただし、年老いた父親が、自分の死後におけるひとりぼっちの不憫な息子の生活を心配するのは当然である。もしその生活が困窮におちいった場合、たとえば彼女のような才媛であれば、女学校の教師など一応の収入のある職務について家計を支えることもできよう、と頭の片隅で考えていなかったとはいえない。

卯三郎から見れば、美佐保はおそらくかけがえのない花嫁候補であったろう。冬衛が収入のろくにない現代詩の制作を生きがいの仕事にしていること、その右足が義足であることなどをよく知ったうえで、彼に愛情を抱き、しかも、彼女自身は必要な場合優れた職業人となる能力をもっていたのである。

美佐保は冬衛からの結婚の申し込みを受け入れたのち、大阪府女子専門学校家政理学科の最後の一年に精励した。卒業論文は「寄生虫卵殊に蛔虫卵に於ける温熱及び調味料に対する抵抗」と題した地味で堅実な研究で、母校の雑誌「家政理学」に掲載された。

冬衛にとって一九二七年は「亜」の最後の年である。結婚は翌二八年の五月という予定になり、父の意向に従って、自分の生活を一新するため「亜」は二七年限りとしたのであった。

「亜」の出版に金を出してくれていた父は漢学を好み、日本の現代詩には関心が薄かったが、同人詩誌の支えがなくても息子はそろそろ一本立ちできそうだと思っていた。というのは、「亜」発行以前にも、冬衛の詩は地元の大連の二つの新聞などに載るほどには認められていたが、「亜」創刊の一年数か月後には、東京で出ている本格的で大きな詩の雑誌「日本詩人」に彼の詩がついに載ったからだ。「亜」の送呈を通じ、日本内地の優れた詩人数人と親しい関係も生じていた。

それに、冬衛にとって「亜」同人の詩人として最も長く信頼しあっている仲間、大連在住の小学校の若い先生である滝口武士が、一九二七年の秋に結婚することになっていた。こうした友人の事情も考慮して、父の卯三郎は息子の冬衛が同人詩誌発行から離れる潮時だと思ったのだろう。

冬衛の設立した亜社は「亜」の発行について、一九二四年十一月刊の創刊号から二七年七月刊の第三十三号まで、毎月一回発行というリズムを長いあいだ、同人詩誌の場合としては驚くに足りるほどの正確さで守った。しかし、「亜」の最終年度と決められた二七年の八月にはとうとう休刊し、九月に第三十四号を出したあと、十月と十一月にまた休刊し、十二月に終刊の第三十五号を出している。

「亜」は縦約二十三センチ、横約十六センチの薄い造りの小冊子で、詩の頁は楽に組んでいた。それまでの各号の頁数は、表紙と裏表紙も入れると十八頁の場合が多く、十六頁から二十四頁のあいだを動いていた。終刊号は四十八頁もあり、それまでに比べるとずいぶん厚かった。充分な準備をして有終の美を飾ったというわけだろう。

同人は、創刊号と第二号が安西冬衛、北川冬彦、富田充、城所英一の四人。冬衛以外の三人は東京に遊学している大学生で、ときに親元の大連の方に帰省していた。第三号から第二十三号までが冬衛と先に触れた滝口武士の二人。これは一年九か月という長い期間である。第二十四号から第三十二号までがそれまでの二人に日本内地にいる尾形亀之助を加えた三人。第三十三号から終刊の第三十五号までがそれまでの三人に日本内地にいる三好達治と再度の北川冬彦を加えた五人。

終刊号は最後の同人五人の詩を中心にして編集し、堀口大学、竹中郁、梶井基次郎といった詩人や小説家六十人ほどの寄稿による「亜」の回想の特集、また、「亜」全三十五巻の作品総目録などを載せている。

回想のなかでは、まるで「亜」の熱烈なファンのような梶井基次郎の同誌の新刊待望ぶりがたいへん印象深い。彼はそのころ病気療養のため伊豆の湯ヶ島にいたが、「村の本屋へ新刊の雑誌が来てゐても、此頃は買はずに帰るのが常である。流行文学よりも色づいた柿の葉の一片を持つて帰る方が今の僕にはたのしい。しかし『亜』は、渡り鳥を待つほどにも、自分は待つのだ」と書いている。

安西冬衛にとって、以上のような「亜」創刊から終刊までの三年二か月にわたる発行の経緯は、ある視点から眺めるとき、自分の結婚のじつに長い前奏であるようにも感じられたことだろう。とにかく、時間関係において自然なそんな一つの構図が浮かび上がってきたはずである。

くりかえすことになるが、冬衛は一九二八年五月に、堺からやってきた藤井美佐保と結婚し、桜花台の家で新しい生活をはじめた。大連の雰囲気はまだ長閑であった。第一次世界大戦後の好況のなかで、日本人の生活にも中国人の生活にも一般には多かれ少なかれ活気があった。

しかし、まさにこのころから日本と中国のあいだに新しく不気味な事件が生じはじめる。一九二八年の同じ五月に済南事件が起こり、翌六月には奉天の近くで張作霖爆殺事件が起こった。そして、三年後の一九三一年九月にはついに満洲事変が勃発することになる。

安西冬衛は新婚の生活をはじめるとき、王辰之に向かって、これからは夫婦だけでやって行けるから、きみは大連で別のところに勤めるか、それとも故郷の芝罘《チーフ》に戻るかしてくれないかと言った。すると、主人より四歳ほど年下でとても背の高い従僕は不意に泣きだし、泣き声で、お金はいらないからこの家に置いてほしい、今までと同じように働くと言った。

王辰之はその後もずっと桜花台の家にいた。安西一家が日本に戻るときは、自分もいっしょについて行き、向こうで中華料理店を開いて、冬衛が店長になり、自分がコックになって、おおいに儲けようではありませんかといった種類の、夢のような、冗談のような、密かな願望もこめたような話を、ときたま口にして安西夫妻を笑わせた。

冬衛が結婚してから六年後の一九三四年四月に、父の卯三郎が胆石症で入院し、心臓衰弱のため亡くなった。葬儀は勤務していた肥塚商店大連支店による店葬で行われた。故人は同支店のあった繁華な大山通り区の区長など世話役もいろいろしていたので、参列者がたいへん多かった。

残された安西一家は途方に暮れた。

冬衛の詩業の調子はその後どんなぐあいであったかというと、たいへん順調に展開されていた。結婚四か月後になる一九二八年九月には、東京で発行され、モダニズム詩の統合的な本拠と見られた詩誌「詩と詩論」の創刊同人となった。そして、翌二九年四月に東京で刊行した処女詩集『軍艦茉莉』は、その年の詩壇で最も評判の高い詩集の一つとなった。さらに、この四年後の一九三三年には、一月に第二詩集『亜細亜の鹹湖』を、四月に第三詩集『渇ける神』を、いずれもやはり東京で刊行し、彼の詩壇における位置は三十代半ばで早くも確固としたものになろうとしていた。

このように冬衛の現代詩の仕事は順風満帆に近く進ん

でいたが、それを通じての収入はわずかなものであった。それに、処女詩集を出す一か月前の一九二九年三月には長男の一郎が生まれ、翌三〇年六月には次男の二郎が生まれて、費用がかなり増えていたし、冬衛には家庭の生計を支える力はほとんどなかった。

美佐保は結婚一か月後に、義父の卯三郎の勧めと世話で、大連弥生高等女学校の家事と化学の先生になったことがあったが、妊娠したためにごく短い期間勤めただけで辞めていた。

結局、冬衛と美佐保の新家庭の経済も、そのほとんどを老齢の卯三郎が支えてくれていたのである。したがって、予期しなかったこの父の死は、将来のことをろくに考えていなかった若い二人にとってきわめて深刻な打撃であった。郷里の堺において、美佐保の実父の善澄は五年前に亡くなっていたが、実母のみつはまだ元気で暮らしていた。彼女を頼りにすぐ帰国するよりほか道はなかった。

安西夫妻は桜花台の家の整理などをし、なじみの人びとへの挨拶をすませて、小人数の送別会を開いてもらった。そして、葬儀の翌月の五月のアカシヤの花の咲くころに、卯三郎の遺骨を抱いて、二人の幼い子供を連れ、大連港で大阪商船のうすりい丸に乗って郷里の堺に向かった。

夫妻には、いっしょに日本へ行かないかと、王辰之を誘ってみる余裕はすでにまったくなかった。彼との別れはやはり切なく寂しかった。

さて、ここで話をおおきく戻そう。

昔は大連第一中学校であったが今は大連工学院の一部である建物のなかを見学したあと、私は中国人の青年たちと建物のほぼ東北側の傍らになる坂道に出た。そこを隔てた向こう側が、昔は電気遊園があった場所、今の大連動物園である。私の判断では、この坂道が高まってきて尽きているあたりの四辻こそ、かつて安西冬衛が立ち止まって大連湾を展望した一瞬、強烈な詩的イメージが頭にひらめくのを覚えた地点にちがいなかった。

私はそこに行って立ってみた。なるほど、西北の方から東の方へかけて大連湾の海が見える。ただし、期待に反して眺望はあまりよくない。足もとからすぐ下の斜面の建物の屋根の群れによって海がかなり隠されてしまうからだ。もちろん、湾の向こう側ははっきりしており、東北の方には原油を積み出す大連新港のある対岸が見える。東の方は黄海に開かれ、西北の方は陸地で入り海が三つ深くくいこんでいる。

私はちょっとがっかりしたが、安西冬衛が問題の一行詩の初稿を書いたころから数えるとすでに五十数年も経っているので、当然の変化であるかもしれなかった。彼が愛した展望は、建物の屋根の群れによってそのようには遮られることのない美しく広広としたものであったにちがいない。この点にかかわって、先の引用と異る彼の別の文章を、第五詩集『韃靼海峡と蝶』（一九四七年）の「輯後に」と題された後書きのなかに求めてみよう。

電気遊園の樹墻に沿うて伏見台へ登つてゆく道は、雑誌「亜」時代の私が初期の作品に好んで用いたモノグラフヰで、阪を登りつめると景観が忽ち一変し、眼下を塞ぐ街衢を穿つて深く屈曲した大連湾がリボンの如く展開する。これは英吉利人の所謂 Victoria Bay、中国人の俗に云ふ紅崖套澳で、「韃靼海峡と蝶」のアイデイアはこの地理から採集したものである。

私と中国人の青年たちが四辻に立っていると、先ほど見学のとき校舎のなかを案内してくれた工学院の事務の人が、にこにこ顔の駆け足でやってきた。

「どうしたんですか？」

興味深そうに日本語で私に尋ねた。

「昔、日本の有名な詩人がこの場所に立ってですね、ここから見える海の風景に感心し、傑作の詩を書いたんです」

私がそう答えると、彼はちょっと拍子ぬけがした様子であったが、わかったというふうに頷き、やはりにこにこ顔で向こうへ戻った。

この日はシベリアからの寒波の風がときどき強く吹き、午前中に見学したあちこちでは、土埃が高く舞い上がったり、私の中折れ帽が飛ばされたりしたが、昔の大連一中の建物にやってきたころから、風はしばらく止んでいた。

先に記したように、中学生の私はこの四辻のあたりを歩きながらなんとなく海を眺めたことが数回あるが、あ、海が見えるなといったほどの思いをもったという漠然とした記憶しかない。安西冬衛がそこに好んで立ったころから数えると、住宅建設の盛んな十年ほどを経過したあとの五年間のことであり、すでに見晴らしはそれほどよくなかったのではないか。

それに、中学生の私にとって大連湾の展望は、市街の東部にある自宅から六百メートルほどの南側に立つ転山の峰の一つに登って試みれば、それで充分であった。それは幼いときから親しんでいるすばらしいパノラマであった。四つの埠頭をもって堤防に囲まれている大連港には汽船が数隻浮かび、その向かって左隣りの波止場には戎克《ジャンク》が群れをなして浮かび、大連湾のかなたには両肩の逞しい巨人のような大和尚山が聳えていた。

私は中国人の青年たちとまた自動車に乗って、すぐ近くの大連動物園の正面入口に向かった。安西冬衛が詩と散文でくりかえし慈しむように語った、かなり急な坂道を降りて行くわけである。

ところで、この坂道の下の方半分は、私自身にとってもじつに懐かしいものであった。というのは、中学校への通学において、朝の場合の順路でいえば、路面電車を電気遊園前の停留所で降りたあと、こんなふうに歩いたのである。――電気遊園の周囲を正面入口の前から時計回りに歩いてすぐその坂道に入り、半分ぐらいまで登って、いいかえれば、公園のなかの幼馴染みの回転木馬を右横に感じるあたりまで登って、左側に中学校の塀の角が現われたとき、その角から塀に沿って左折する狭い道を歩き、中学校のどこかの入口に達する。

したがって中学生の私は、帰宅の場合別の道を取ることもあったが、この坂道の下の方半分を登り降り合わせて二千回ぐらいは歩いたということになろう。

大連再訪の前からとても楽しみにしていた安西冬衛ゆかりの坂の上からの大連湾の展望は、その地点の眼の前の町の様子が昔とはずいぶん変わっていたようで、期待はずれのものに終わった。あの一行詩「春」をより深く理解するための新しい発見はなに一つ得られなかった。私はその点にかんし、頭を冷されて東京に戻ってきたようなものであった。期待が大きすぎたということもあったろう。

しかし、東京に戻ってから一年、二年と経つうちに、私は安西冬衛とその一行詩にかかわって、自分の内部にある変化が起こっていることを感じた。それは、彼がここに立ったのだと意識しながらあの坂の上の四辻に立ち、そして、彼がここを人力車に乗って登り降りしたのだと意識しながらあの坂道を自動車で降りたことにもとづいているようであった。中学生の私は詩人の伏見台における散策についてまったく知らなかったから、中学卒業から四十二年経った大連再訪において、初めて詩人のそうした足跡を現場における実感をもってなぞってみたのであった。現場の魔力というものはやはりあるようであった。

どういう変化が起こったかというと、詩人とその一行詩にたいし以前より一層深い親愛感、まるで遠い青春期における今は亡き親友とその詩作品にたいする場合に近い気持ちを覚えるようになった。そして、たぶんそのために、問題の一行詩について、知識の内容は以前とまったく変わらないのに、少年時代からずっと難解であったことのいくつかが、ときたま自然に生じる私なりの発見とでもいったものを通じて、一応はすっきりと感得できるようになった。

私はここでそのように自分なりの発見と思われたものをいくつか記してみたい。そこでまず、前提として、大連を再訪する前に、私が問題の一行詩にかかわってすでに書いていることをごく簡単にまとめてみよう。

「亜」は口語による短詩や散文詩への新鮮な感覚でモダニズム詩の先駆となったが、日本の租借地で国際都市、自由港、そしてヨーロッパふうの市街が中心の大連で発行されたことが、おのずから象徴する独特にモダンな性格を示した。その短詩の優れた作品においては、凝縮された国際性、日本の伝統的な短歌や俳句に通底する簡素さ、そして西欧の文学、とくにジュール・ルナールのある場合の詩的で簡潔な散文の影響、そうしたものなどが渾然と融合していた。

　発行期間が一九二四年十一月からのほぼ三年間で、満洲事変あるいは張作霖爆殺事件以前であることは、まだ亀裂がそれほど意識されていない植民地的な生活地盤を想像させる。

　安西冬衛の問題の一行詩は「亜」を代表する最高の傑作であろうが、その初出は「亜」第十九号（一九二六年五月）においてで、題名は同じく「春」だが、内容は一部異り、「てふてふが一匹間宮海峡を渡つて行つた」となっている。しかも、この一行の真下に、少し空白を置いてから、小さな活字で「軍艦北門ノ砲塔ニテ」という作者の視点の明確化が書き加えられている。

　この初稿と定稿では、百人の読者のうちたぶん百人が定稿を断然いいとするだろう。間宮海峡と韃靼海峡ではこの場合、韃靼海峡という名称の方が遥かに奥深い歴史性を孕んで質的に一段と高い詩美をもつし、添え書きによる軍艦の導入は、かえって詩の規模を小さくし、読者の想像を狭苦しくさせよう。

　定稿自体における決定的な魅力の一つを指摘するなら、「春」という季節における「てふてふが一匹」と「韃靼海峡」の鮮烈をきわめる対比である。若若しく可憐で孤独な生命の飛翔と、激浪か凪か、いずれにせよ国際関係の不安も漂わせて、いつ危難の移動を生じさせるかわからない自然。「てふてふ」という身近で優しい昆虫をアンティームにかたどる軽軽とした平仮名と、「韃靼」という古代東北アジアにおけるなんらかの野蛮あるいは武勇までロマンティックに連想させる重重しい漢字。そうした対照がいろいろと劇的な形で生じてこよう。

　なお、安西冬衛の家の紋が蝶であり、幼時からそれに親しんでいたことも、この詩の発想の瞬間にたぶん無意識的にかかわっていよう。また、蝶が詩人自身の投影でもあるだろう動機の一つを、それが家紋であったことに求めることもできると思われる。


　さて、大連を再訪してきた私の自分なりの最初の発見は、この一行詩の定稿のすばらしい言葉の音楽はどこからくるか、長い年月探りあてられなかったその秘密が不意にわかったことである。

ある日、それまで音数の形についてあまり注意しなかった初稿を思い浮かべていて、おや、これは口語によるものではあるが、いわば短歌と俳句の音数律の中間の形ではないかと気づいた。音数を分けて示せば、「てふてふが（5）一匹間宮（7）海峡を（5）渡つて行つた（7）」となるわけで、短歌としては最後にもう一回の（7）が足りず、俳句としては最後の（7）が余計だ。

そう気づいて定稿を読むと、「てふてふが（5）一匹韃靼（8）海峡を（5）渡つて行つた（7）」となり、「一匹韃靼」（8）のところだけ（7）ではなく（8）という不協和な音数がひびき、しかもそこはもともと意味の上でも無理なまとめをした部分であり、口語で書かれていることもあって、この一行詩が初稿では伝統的な二つの短詩型の音数律の中間の形に立っていたということは巧みに隠されていたのであった。

そうか、この不協和な（8）音がそのため豊かに鏘然と鳴って、詩全体の言葉の音楽に神秘的なほどの魅惑をあたえていたのかと私は思った。そして同時に、この（8）音自体の構造には、ローマ字で“ippiki-dattan”と書けばよく見えるように、二つの母音〔i〕と〔a〕がそれぞれグループをなして、またどちらも促音を含んで、鋭く対立するという音楽的な緊張の効果もあったのだと感じた。

二番目の発見はこの一行詩の作品内部に設定された詩人の位置にかかわる。私の想像では、あの坂の上に詩人が立ったとき、電気遊園かどこかからの蝶が眼前を飛び、それを大連湾を渡って陸から陸へ飛んで行く姿のようにも拡大して感じた、そんなことが現実の生活での発端ではなかったかと思う。初稿内部で詩人は軍艦にいるが、大連湾にはいろいろな船が浮かんでいたから、それはごく自然な設定である。しかし、やがて韃靼海峡という名称の方が遥かによく、また、そこで軍艦を出すとロマンティックな世界がずいぶん凋むと気づき、定稿になったのだろう。

ただし、そうなると、定稿内部の詩人の位置は不定である。詩人はやはりなにかの船の上にいるのか、海峡をはさむどちらかの陸にいるのか、それとも、超越的な横からか上からの立場ですべてを眺めているのか、そのほかなんともわからない。その多重のイメージは想像を刺戟して詩をふくらませるから、優れて象徴的な効果をもたらすが、蝶は詩人自身の比喩でもありうるから、ではなぜ「渡つて来た」という表現を排して「渡つて行つた」としたのかという疑問が生じ、私はなんとなく落ち着かなかった。

　ところが不意に、これはある意味において恋唄でもあるのではないかと思ったのである。この一行詩を書いた二年後に、詩人は堺から来た藤井美佐保と結婚する。堺から見れば、詩人という蝶は「渡つて行つた」人であったろう。その蝶の後を追うようにと、恋人に暗に促したイメージであるように読めなくもない。

「亜」第二十四号（一九二六年十月）における詩人の随想「夜長ノ記」には、「韃靼のわだつみ渡る蝶かな」という俳句が問題の一行詩と同じ年の作として記されているが、こう見てくるとこの俳句の蝶（そこでは「ちょうちょ」と読むのだろう）には、今度は海を渡ってやってきてほしい恋人のイメージが重ねられていると感じることもできよう。「渡つて行つた」でも「渡つて来た」でもなく、「渡る」という未来のイメージにも適用できる語法が用いられており、しかも、それは連体形であることによって蝶そのものの個体への咏嘆が深い。

　もちろん、先に述べたいくつかの解釈の方が私の場合にも優先されるが、こうしたやや変った読みかたも、可能な解釈の一つとして加えてもいいのではないかと思われる。作品内部の詩人の位置について私が覚えていたなんとなく落ち着かない気分は、この解釈を試みたあとでほとんど消えた。

　三番目の発見は、ジュール・ルナールの詩的で簡潔な散文、――基調として鋭く写実的なイメージをもち、自然に人事が、あるいは逆に人事に自然が比喩の形で生き生きと重なり、夢想をほのぼのと立ち昇らせるといった短い散文から、なぜ深い影響を受けたかという理由が不意にわかったことである。あるとき、そうしたルナールの表現がたいへん俳句的であり、安西冬衛の詩が秘めている一つの要素としての俳句性と自然にスパークしていたのだということが、生き生きと感じられた。

　そして、欧米の詩の影響を受けて出発した日本の現代詩が構成上長くなりがちである潮流のなかで、日本の短歌や俳句の伝統的な短さを、現代詩の一面においても蘇生させたいと願っていた詩人のたぶん無意識的な本能が、ほかならぬフランスの新しい文学者の簡潔な表現にこそ喜んでその影響を受けたという事情も理解できた。

そして、四番目の発見は、問題の一行詩が根底に秘めているところの、いわば詩そのものを暗喩しているようなイメージの感知である。これは不意にではなく、その一行詩をほかの人のいろいろな作品と自然に重ねるうちに、しだいにはっきり解ってきたことである。

たとえば、安西冬衛自身が一九三四年に大連から日本に戻ったとき、独立美術展で眺めて感嘆したことを書き残している三岸好太郎の遺作の油彩『海洋を渡る蝶』。

画家はこの絵を、集団で海を渡る蝶、ヒメアカタテハに暗示されて描いたという。青い海の上をそれよりやや薄い青の空を背景にして蝶の群がこちら側へ飛んでくるという図柄で、それらの翅の大小さまざまで色とりどりな非現実の迫力は印象的である。

また、「亜」最後期の同人でもあった三好達治の処女詩集『測量船』(一九三〇年)のなかの散文詩「郷愁」。

蝶のやうな私の郷愁!……。蝶はいくつか籬《まがき》を越え、午後の街角《まちかど》に海を見る……。私は壁に海を聴く……。私は本を閉ぢる。私は壁に凭れる。隣りの部屋で二時が打つ。「海、遠い海よ! と私は紙にしたためる。——海よ、僕らの使ふ文字では、お前の中に母がゐる。そして母よ、仏蘭西人の言葉では、あなたの中に海がある。」

この蝶は海の上を飛ぶのではなく、海を見るのであるが、詩人の本源的な郷愁をかたどって爽やかである。蝶のこうした可憐な羽ばたきほど海へのほとんど形而上的な憧れをせつなくかたどるものはほかにないかもしれない。

思いがけなかったのは、マルセル・プルーストが二十代前半と思われるごく若いころに書いた「ショパン」と題する詩で、その冒頭の三行ではショパンの音楽の美しさが蝶と海のかかわりによって描かれていた。

ショパン　溜息と涙とすすり泣きの海
　蝶たちがそこを休まずに渡る
　悲しみの上で戯れたり　波の上で踊ったりして

私はこの部分に、なぜかすぐショパンの嬰ハ短調のピアノ曲、——たとえば「円舞曲第七番」、「夜想曲第二十番（遺作）」、「前奏曲第十番」、「マズルカ第四十一番」、「即興曲第四番『幻想』」といった作品を想像し、蝶たちの動きがピアノのひびきによって、海の存在が沈黙によって暗示されているというふうに受け取った。

文学や芸術の作品においてこのようにさまざまに形象化されている蝶と海のかかわりを、どこまでも奥深く抽象化するとき、蝶と海というイメージは詩そのものを暗喩することもできるのではないかと私には思われてきたのであった。

最後に、私が秘めていた思いの一つをここで打ち明けさせてもらうなら、「私の詩の発祥地、大連」と記している安西冬衛を、私はその言葉によって確認しながら、自分と同じ立場を意識する詩人として偏愛しないわけにいかない。二十世紀前半に現われた日本の詩人の中でだれからいちばん深く影響されたかと聞かれたら、私は萩原朔太郎と金子光晴の名前を挙げる。しかし、その時期のなんという詩作品がいちばん好きであるかと聞かれたら、それは安西冬衛の「春」と題した一行詩、「てふてふが一匹韃靼海峡を渡つて行つた」であると答えないわけにいかない。

（『蝶と海』一九九二年講談社刊から）

作品論・詩人論

かがみ、ひかがみ
——清岡卓行の「境界線」

鈴村和成

清岡卓行には奇妙な逆説がつきまとっている。

夢と現実の競合関係が生み出す逆説である。この競合関係は清岡がある一時期に獲得したものではない。最初期に、文語詩『円き広場』が書かれた頃に獲得されたものだ。しかし清岡詩における「最初期」が実は「ある一時期」であって、それが転移し、回帰するありさまをこれから観察することになるだろう。

『幼い夢と』（一九八二年）の「あとがき」で清岡卓行は、「この詩集の根本の動機はなにか」と自分に問いかけ「中年も終りに近い父が、幼い末っ子と同じ地球のうえであとどれだけいっしょに生きていられるだろうかと考えて感じる、寂しさだろうと思われます。つまり、時間や空間を拒否したがる抒情の核から見るなら、ずいぶん現実的なものに思われます」と書き、続けてヴェルレーヌの「爾余はみな文学」に倣った次の一行を書きつける。

「この詩集についてほかのことは、すべて芸術にすぎません」

清岡が「ほかのこと」と言った内容に注意する必要があるだろう。彼にとって「芸術」は、——そしてそこで表現される夢や抒情は、「ほかのこと」なのだろうか？「ほかのこと」にすぎないのだろうか？ これはしかし処女詩集『氷った焔』（一九五九年）の清冽な抒情詩人の言葉としては意外とすべきではないか？

氷りつくように白い裸像が
ぼくの夢に吊されていた

その形を刻んだ鑿の跡が
ぼくの夢の風に吹かれていた

悲しみにあふれたぼくの眼に
その顔は見おぼえがあった

ああ
きみに肉体があるとはふしぎだ
（「石膏」）

清岡の出発を画するこの最初期の詩は恋人との出会いを歌いながら、「寂しさ」にあふれている。愛する人と「同じ地上のうえであとどれだけいっしょに生きていられるだろうかと考えて感じる、寂しさ」である。つまりここでも『幼い夢と』におけると同様、「抒情の核」が「現実」によって脅かされ、破れ目を見せている。夢の破れ目から現実が顔をのぞかせる。しかしその現実なるものが、愛する人の美しい肉体のかたちを取っているのだ。

それゆえだろうか、恋人との愛の成就を告げるこの詩は、二十年後の死を前にした同じ女性を歌った次の詩をただちに思い起こさせずにはいない。

ああ　しかし　ぼくには
ぼくの半身であるきみのほかに　誰がいよう？
もしきみが死んだら　その夜
不気味な蠟のように透徹って行くきみのまわりを
ぼくは白痴のように　歩きつづけるばかりだ。
（中略）
ぼくはたぶん
夢のなかの古ぼけた斜塔のほとりで
天使のように微笑んでは逃げようとするきみを捉え
狂ったように　いつまでも
くちづけするばかりだろう。
（「その夜」――『ひとつの愛』所収）

私は「思い起こさせずにはいない」と書いた。詩の書かれた年代記的な秩序から言えば、むしろ『その夜』において『石膏』の「きみ」が思い出のレベルにある。しかし『石膏』において詩人はすでに「その顔は見おぼえがあった」と書いている。恋人の肉体を発見するまさにその瞬間に、恋人の「その顔は見おぼえがあった」とは、どういうことか？　この時間錯誤的な詩人の夢と現実にかかわる関係、その錯綜に、清岡の詩のポイントがある。けれども私は少し先を急ぎすぎているようだ。今はとりあえず、『その夜』に識別される、清岡の言う「ほかのこと」、先に詩人によって貶下的な口調で語られた「芸術」の介在について触れると、「古ぼけた斜塔」にはネルヴァル『廃嫡者』の「壊れた塔」やオルペウス神話、「逃げようとするきみ」にはプルースト『逃げ去ったアルベルチーヌ』の反映があるだろう。「鐘楼とドームの間を逃げて行く」、ランボー『あけぼの』の「女神」の思い出もあるかもしれない。しかし主調となるのは、『幼い夢と』の「あとがき」に見た「ずいぶん現実的なもの」であり、「ずいぶん現実的なもの」が詩的なもの、「芸術」、「ほかのこと」を突き破る光景、『あけぼの』最終行にある、

めざめると正午だった

という現実への覚醒の瞬間である。

愛する人の死に関しては不謹慎と言うべきかもしれないが、詩人がしばしば用いる「現場の魔力」がめざましい力を振っているのだ。同じくランボー『あけぼの』の「めざめると正午だった」を想起させながら、詩人は今度は恋人の死ではなく、彼の「致命的な夢」の核心をなす大連の中山広場を、みずから「処女詩集以前の初期詩集」と呼ぶ文語詩のなかで次のように歌う。

わがふるさとの町の中心
美しく大いなる円《まろ》き広場
そは　真昼の正午の
目覚めのごとく
十条の道を放射す
即《すなは》ちまた　そのままにて
十条の道を吸収す
おお　遠心にして求心なる

（「円き広場」）

清岡卓行の生まれ育った故郷の町である大連の「円《まろ》き広場」は、このように「真昼の正午の／目覚め」としてそのまったき姿を現わす。しかし先に「石膏」において見たように、詩人が夢からさめて「きみに肉体があるとはふしぎだ」と驚くその現実が美しい恋人の体であった

のと同じ機構がここでもはたらいて、詩人が「真昼の正午の／目覚め」において見出すのは、

おお　大連
致命的なわたしの夢。

（「望郷の長城」――『初冬の中国で』所収）

に他ならなかったのだ。正午の夢からさめたその「現場」に見出される「致命的なわたしの夢」――大連。「夢の風」に吹きさらされ、「鑿の跡」をつけて時の迷宮のなかに姿を現わす「きみ」の「肉体」（「石膏」）。清岡卓行における「夢」の入れ子構造はその最初期から変わることなく、彼の「致命的な夢」であった夫人の死とともに、女性の肉体から大連へとその「現場」を移したのである。

清岡卓行は一九七六年と一九八二年の二回、中国に旅行している。『初冬の中国で』はその旅に題材を取った「一連の紀行詩の集成」（「あとがき」）と言うべきもので、二度目の中国旅行で清岡は引き揚げ後三十四年ぶりに大連を再訪、この旅については短篇連作『大連小景集』（一九八三年）『大連港で』（一九八七年）にくわしい。

大連再訪について詩人は「なぜか詩を書かず」（『初冬の中国で』「あとがき」）、小説しか書かなかった、と言う。私はしかし、なぜ詩を書かなかったのだろう、と問うてみないではいられない。実際、一九六九年刊行の『清岡卓行詩集』や八五年刊行の『清岡卓行全詩集』をくり返し読んでいて意外なことは、小説においてあれほど〝大連もの〟を書いた作者が、詩において大連に関してきわめて寡黙であるという点だ。かろうじて、『氷った焔』（一九五九年）では「引き揚げ者たちの海」一篇のみ、『日常』（一九六二年）では「静かな日曜の午後に」「地球儀」、『四季のスケッチ』（一九六六年）では「ぼくの家族が暮らしていた海外のある都会」とか「あのアカシヤと社交界《サロン》の町」といった詩句に仄めかすようにして言及されるだけである。いや、この三冊の詩集を通して清岡がはっきり「大連」と名ざしているのは「地球儀――または一九六一年一月九日」のなかで、

大連、ダーリニ、ターリエン、それは、小声で言わなければならないが、かれのふるさと。いや、ふるさとと呼ぶことはできない、かれの生れた土地、かれの育った土地である。

と「小声で」ささやかれた「大連」のみにおいてなのだ。むろん、詩という散文より凝縮度の高いテクストにあって、どこまでが「大連」にかかわる詩であるかは決定できない。いたるところに大連の明るい乾いた透明な空気が通っている、と言うこともできるだろう。大連に関して寡黙であり、「小声」であるだけに、清岡詩における大連の意味は大きく、「致命的」であったとさえ言えよう。

けれども、妻の死を歌った『ひとつの愛』(一九七〇年)になると、大連の形象はにわかにくっきりと詩のなかに記述される。「幼い日没の記憶」では

赤煉瓦の粉が
はらはらと降りしきる
西の大陸の夕焼け。

あるいは、

身も世もなく嘆くぼくを
海を越えた
遥かな未来の
白亜に映る幻灯にまで
遠く透し視——。

「花の車」では、

それは　また
きみが生れた海の向うの大陸の
今はないふしぎな自由の港に
狂おしく咲いていた
ロビニエの
花と葉の輪。

あるいは、

そんなに遠い出会いの思い出を
ぼくの心臓にとどろかせる
透明な太鼓の広場。
道路を十条放射する
その円く大きな鏡
——ふるさとの真中を
きみは　今も
素敵な二本の足をかわるがわる動かせて
ゆっくりと
まるで自分を楽しむように歩いている。

まだこれらの詩では「大連」はそれと名ざされていない。しかし名ざされる以上に「大連」がここでよみがえり、息づき始めていることは確かである、——まるで死んでゆく愛する人が自分の命を「大連」に吹き込んでいるかのように。

それ以上にここでは、愛する人と「大連」が、——と言うより、『円き広場』で歌われた中山広場が、「円く大きな鏡」、「ふるさとの真中」と名づけられ、ぴったりと重ねあわされている光景に目を見張るべきだろう。

我々が目を見張る「円き広場」は「円く大きな鏡」なのだ。この「鏡」には当然、愛する人の——清岡詩の「致命的な夢」が結晶する——あの「ひかがみ」も写っているだろう。『アカシヤの大連』では、今や「伝説」になったと言ってよい恋人との出会いが「円き広場」を舞台に描かれ、恋人のスカートの間で「らちらちしてい」る「ひかがみ」に関して、『石膏』のあの「ああ、きみに肉体があるとはふしぎだ!」が引用されていたのである。「ひかがみ」とは膝の後ろのくぼんでいるところで、そこはなるほど鏡のように透明感のある部分だろう。この「鏡」、この「ひかがみ」はまた「ふるさとの真中」であり、愛する人の名、——「真知」でもあったはずだ。

夫人の死が詩人の記憶の中の「大連」を解き放った、ということだろうか?　「鏡」「ひかがみ」における像と実体のように、夫人が消え去った後で、夫人によって覆われていた「大連」がその「ふしぎ」な「肉体」を現わしたのだろうか?

必ずしもそうではない。詩人の十冊目の詩集であり、「処女詩集以前の初期詩集」でもある。先に触れた『円き広場』において、大連は「大連」の名で呼ばれ、夫人は「真知」の名で呼ばれていたのである。――たとえその「名」が最初ジャンヌと呼ばれるボードレールの恋人の「名」であり、詩人にとっては「幻の人」の名であって、戦後、作品が改作される過程で実在の恋人の「名」に置き換えられたのであるとしても(『円き広場』「あとがき」による)。清岡卓行の場合、まず「詩」があり、ついで詩が恋人の「ふしぎ」な「肉体」を身にまとうのである。

清岡卓行は真知夫人の死後、封印を解かれたように「大連」を主題とする小説を書き始める。それは「大連」の身代わりであり、身をもって「大連」を覆い隠していた夫人の死とともに、今度は「大連」が夫人の身代わりになって生命を得たかのような光景だ。

しかし、実際に清岡が中国の土地を訪れるのは夫人の死後八年してから、詩人五十四歳の一九七六年のことである。この旅について清岡は詩を書かず、一九八〇年、「シルクロード文物展」に取材した連作詩集『駱駝のうえの音楽』を上梓している。翌年刊行の『西へ』のⅢに収録された四篇の詩は、詩人が「生れて育った大連をその一端とする中国東北の風土、伝説などに取材」(「あとがき」)しているが、大連を直接の主題とする詩篇ではない。翌一九八二年、二度目の中国旅行で上海、北京、済南、淄博、鄭州、洛陽をまわり、途中から四泊五日の日程で単身大連を訪ねる(講談社文芸文庫『手の変幻』年譜による)。これが三十四年ぶりの大連〝帰郷〟である。

ところが、先に述べたように、二度の中国旅行から生まれた一九八四年の紀行詩集『初冬の中国で』には、直接「大連」に〝帰郷〟した情景に触れた詩は一篇も書かれていない。詩人は「あとがき」で「なぜか」と疑問形のまま問いを止どめ、短篇連作『大連港で』の「ある炎」と題した章で、「風土の眺めが、私の魂の底に沈み、それがいわば音楽的に組織された谺としてもどってくるために、充分な時間」が必要だった、と控え目な説明を加えている。

紀行小説『大連小景集』(一九八三年)、『李杜の国で』(一九八六年)、『大連港で』(一九八七年)を読んで気づかされる特徴は、それが気儘な、行き当たりバッタリの旅ではなく、きわめて周到に準備された旅であるということである。少し穿った見方をするなら、詩人は彼の「致命的な夢」、大連に近づくことをためらい、怖れているようでさえある。彼が大連〝帰郷〟を詩に書かないのも、このためらいや怖れのしからしむるところであったかもしれない。

しかし私は敢えてより〝穿った〟見方を試みてみたい。詩人にとって大連に帰ることは、亡くなった真知夫人の記憶の場所、彼のいわゆる「現場の魔力」に触れることであったはずだ。詩人にとって「ほかのもの」でしかない「芸術」の枠組み、その「鏡」を突き破って、「現実的なもの」に再会することであったはずだ。ところが、先に『幼い夢と』の「あとがき」に触れて見たように清岡卓行における「現実的なもの」が同時に「致命的な夢」である、という反転が処女詩集冒頭の「石膏」にすでに設けられてあったのである。

清岡卓行の大連〝帰郷〟、彼の「致命的な夢」への帰還が、注意深く迂回する姿勢によって、いわば彼の「夢に吊されていた」(「石膏」)ような旅になるのは当然である。

つまり清岡卓行には、最初に「現実的なもの」があったのではなく、仮構された夢があったのだ。詩のあとに現実が来る、しかし、この「あとに」は「前に」へと鏡に写るように裏返される、このタイム・パラドクス、それが清岡の「大連」の意味である。

『円き広場』の一詩篇「土」には「われはコロンの子」とある。自由港大連、この国際都市は、詩人にとって本来の故郷ではない。彼が真に帰るべき根源の場所ではない。「にせ」の故郷にほかならないのである。「大連のアカシヤは、俗称でそう呼ばれているので、正確には、にせアカシヤ」なのだ(『アカシヤの大連』)。しかし、と詩人はつけ加える、本物のアカシヤより「にせアカシヤの方がずっと美しいと思った」と。

われはコロンの子
しかも　やくなき地球の裏の言葉を学び
自らの命断たむ思ひに遊びほけたり
わが墓場はいづこ
氷のごとく美しきわが夢に
われはかく訊ねき
（「土」）

大連の中山広場がパリのシャルル・ド・ゴール広場を模して作られているように——この点に関しては『パリの五月に』（一九九一年）所収の詩「シャルル・ド・ゴール広場」や『蝶と海』（一九九三年）所収の短篇「パリと大連」を参照——清岡の文語詩が「やくなき地球の裏の言葉」、すなわちフランス語に、いや、さらに正確に言えばボードレールの詩に、通じているさまに注意すべきだろう。清岡の大連〝帰郷〟は、こうして絶えず秘密の通路を抜けて、みずからも〝偽装〟しながら別の場所、「にせ」の故郷、仮構された夢の方へ逃れ出てゆくのだ。

清岡卓行の「大連」のとらまえどころのなさはここに由来する。作品解説を書くために清岡詩の主題を大連〝帰郷〟のあたりに絞って、『駱駝のうえの音楽』から『初冬の中国で』までを読み返しながら、清岡の詩集や小説集のあちこちを時の迷宮をさまようように読書が紆余曲折することになる理由の一斑も、そこにあるようだ。

詩人はいつ大連に帰ったのだろうか？
『夢のソナチネ』、——詩人の大連〝帰郷〟の前年に上梓された詩集（一九八一年）のなかで、彼はすでにこう書いている。

三十年も見ない故郷の家に　戻ってきたのか？
家の建っていた形のままに　青い釣堀がある。
釣手たちの釣糸は　垂れたまま微動もしない。
漣の形をのこし　水は透明に氷っているのだ。
（「氷った釣堀」）

何という周到な用意！　何という細心の、しかし無意識の注意！　何という仮面《マスク》の智慧！　詩人は帰郷に先立って彼の分身を放ち、大連に帰らせている。しかしこれは夢のなかのことだ。
『西へ』。『夢のソナチネ』と同年（一九八一年）に刊行された、いかにも詩人の帰郷を思わせる表題の詩集にあっても、詩人はまだ「迷っていた」。

夢のなかの波打際で
わたしはまったく迷っていた。
せめて　単語を一つか二つ
指で　砂浜に書きとめておくか？　（「夢のかけら」）

この「砂浜」はひょっとしたら大連の砂浜に近いところにあるのかもしれない。しかしこれも「夢のなかの波打際」、「泡が立つ境い目」の話だ。そこで「わたしは／もうろうと歩きつづけている」。
いや、案外『駱駝のうえの音楽』（一九八〇年）、この「シルクロード文物展」に題材を取った詩篇で、詩人は本当の帰郷を果しているのかもしれない。

その一角に突っ立って
大きな口を固く閉じ
空へ首を　垂直ぎりぎりに反らせた
沙漠の天使　駱駝のうえに
氷る音楽である。

ここでも到着する場所は「氷る音楽」、「氷った釣堀」、「氷のごとく美しきわが夢」、すなわちあの「氷った焔」の場所なのだ。
いつこの「氷」は溶けるのだろう？　詩人は答える。「いつかわたしが　この古い都の／千三百年ほども経った／新しい通りを歩くかもしれない日／夜　ホテルに泊ったわたし日本人の／深い疲労の眠りのなかで／その沈黙の音楽は／やっと溶けはじめるかもしれない」。
やっと？　いや、「かもしれない」とあり、これも仮定である。この「沙漠の天使　駱駝のうえに／氷る音楽」は、その「致命的な夢」から「抜けて出て」ゆくとしても、行く先は、

わたしの胸という
日没のさなかの町（……）
（「ある画像磚」）

であるのだろう。そしてそこでもまた「大連」は彼の「夢に吊され」「風に吹かれていた」のだろう、——「氷りつくように白い裸像」（「石膏」）として、「氷のごとく美しきわが夢」（『円き広場』所収「土」）、「駱駝のうえに／氷る音楽」として。

清岡自身が詩のなかに書きつけているところによれば、詩人が彼の「大連」にもっとも近づいたのは、『初冬の中国で』所収の「望郷の長城」の次の詩行においてであったようだ。

もしかしたら　後半生の
わたしの心と体の劇は
八達嶺で長城に登ったそのとき
生まれふるさとにいちばん近づいていた
ということになるのかもしれない。

ロマネスクな要素を盛り込んだ長篇小説『李杜の国で』にあって、語り手であり主人公である菊地大輔の口を借り清岡はこう語っている、——「長城のあの頂の道という境界線自体に、空間のふくらみのあることは暗示的でした」。別の箇所では、「菊地の体に、彼が共感しようとしている境界線の化身としての長城から、かすかな電流がつたわってくるようなぐあいになってきた。空虚の無か、充実の無か。とにかく可能性における未知の中立は、そこにひたろうとする彼の体をしだいにしびれさせてくるようであった」。

そして『初冬の中国で』の「長城で」には、——

境界を歩きつづけていると
心も体も　しだいに痺れてくる。
わたしはほとんど
戦いの矛盾そのものだ。
わたしはほとんど
万里の長城そのものだ。

清岡の「大連」が「電流」を伝え、身心を痺れさせる「境界線」となって、彼の詩のあちこちに転移するさまがうかがわれる。「シルクロード文物展」という静物に触発されながら、詩集『駱駝のうえの音楽』に一種の速度、めくるめくような速度が感受されるのも、そのためである。清岡の詩は彼が記述する「青銅の奔馬」のように「おのれ自身をも／追いぬこうとしている」のだ。この自分自身を追い抜く自分の速度において、「駱駝のうえの音楽」は「氷る」のである。

詩人の語る「境界線」はランボーが『あけぼの』で「めざめると正午だった」と言った、その「正午」の時でもあるだろう。清岡がランボーの最後の旅に題材を取った長篇詩「最後のフーガ」の最終聯で描く、ランボー終焉の地、終焉の地でありながらアデンへ、そしてハラルへの出発が夢見られたマルセイユ、――

故郷の家庭でも放浪先の町でもなく
それらの中間に　宙ぶらりんに浮かんでいる
陽気で大きな港（……）

でもあっただろう。それは大連の『円き広場』に歌われる「意識の円き核」でもあっただろう。

ふるさとの子　二十歳《はたち》
幼き日よりの広場に
はじめて眩暈《めまひ》し　佇む
意識の円き核の
かくも劇的なる
膨脹《ふくらみ》と同時の収縮《ちぢまり》を
かつて詩にも　音楽にも
恋にも　絶えて知らざりき

この詩は作者「あとがき」によれば「十九歳から二十三歳までに」書かれている。けれども、詩のなかに「膨脹《ふくらみ》と同時の収縮《ちぢまり》」を内包しているこの詩篇は、「膨脹《ふくらみ》と同時の収縮《ちぢまり》を」くり返しながら、その「意識の円き核」をいたるところに移動させてゆくことができるのではないだろうか？　これが書かれた時は決定できないのではないだろうか？　清岡がいつ大連を再訪したかが決定できないように。現にこの詩は一九八八年に、作者の言葉によれば「奇妙な秘密の重荷」として一冊の詩集にまとめられたときに書かれた、と言うこともできるのである。詩人が大連の広場への帰還を果たそうとする、「三十四年ぶり」の大連再訪までのあいだ、時々刻々に書かれ、生成してきた、と言うこともできるのである。

　清岡卓行における逆説とは、彼の「意識の円き核」、「ふくらみのある境界線」が、詩や、音楽や、恋の出来事であると同時に、それ以前に、そしてそれ以後にもまた、『幼き夢と』に彼が言う「ずいぶん現実的なもの」を含んでいることにあったのだ。

（1994.7.12）

エレノールの呟き

辻征夫

　清岡卓行氏の最初の現代詩文庫が出たのは、一九六八年の二月である。清岡氏の年譜のその年のところにそう書いてあるし、当時の担当編集者が私だったのだからたしかなことだろうと思う。はたして「二月一日」という奥付の日付どおりに出たものかどうか、二十六年も前のことで覚えていないが、詮索しようとすれば柄にもなく「編集者」だった頃の狼狽ぶりばかりが思い出されてたいへんつらい。

　しかしいま思い出すとあの三年間は（三年間で編集者稼業はあきらめた）そのあとの二年余りの失業の時期と同じく（三十歳になったとき、これからは詩の書き手の方になろうと決心して編集者をやめたのだが、客観的に見ればただ失業しただけだった）楽しく暢気で（これも当時の仲間たちから叱られそうだ——暢気だったのはきみだけだろ？）いろいろなものを吸収できたという意味で豊かな時期だったような気がする。特に嬉しかったのはときおり詩人の誰かと、詩を通じて気持ちが触れ合ったと感ずるときで、少年時代から詩で頭をいっぱいにしていた私は、詩人と出会うまでそういう経験をしたことがなかった。それは具体的には他愛もないことなのだが、私の喜びのおおかたは他愛ないことばかりから成り立っていて、世間では他愛ないことではないと思われているらしいこと、たとえば職場の上司から思いがけず褒められるとか（そういう経験もないけれど）そういうことがあってても嬉しくも何ともない。清岡さんの最初の文庫が出て、それを見た清岡さんから、「表紙の詩の選は辻さんがしたのですか？」と電話がかかって来たときはとても嬉しかった。

いまでもそのままのかたちで版を重ねているが、一巻から十巻までの表紙は、四行ほどの詩の断片を五つか六つ引用し、その中の任意の漢字を拡大して踊らせるというユニークなもので、詩句の選定は私がやっていた。収録するおよそ二千行の詩作品の中から、これはと思う部分を選んで表紙に載せるのである。清岡さんの詩句を選び出すとき、私はまったく迷わなかった。清岡さんの詩を一言でいえば魅惑であって、私はその魅惑の中からも艶冶な魅惑といったおもむきのあるものを選んだと思う。たとえば表紙の中央にある詩句はこういうのである。

読みつづけると　エレノールは言うのだ
（どうして希望を返して下さったの？）
（寒気がしてきたわ）と。
かれはふと電話をかける

詩集『日常』の中の「日直」という作品の一部で、ある日曜日の日直の様子を、朝の出社から順を追って描いて行くというきわめて日常的な作品なのだが、清岡さんの詩にはかならずこういう魅惑の素がかくされていて、日常の描写を単に描写に終わらせず奥行きのある詩の次元に引きあげている。エレノールは、フランス十九世紀初頭の心理小説の古典『アドルフ』のヒロインの名だが、彼女の呟きが戦後日本の日常に重ね合わされることによって、作品は不思議なロマンの香りを漂わせ始める。

ああ　十九世紀ふうに
どうか　愛していないと言ってください

これは別の詩集の別の作品の一部だが、私は清岡さんが持っているこういう要素をどれだけ愛しているかわからない。

清岡さんは、よく知られているように原口統三の手記によってはやくから伝説の人だった。原口統三が見ていた若い清岡卓行像の延長線上にある清岡卓行像、もしそういう像を空想と推理によって造形することが可能ならば、それは私たちが知っている一九四八年以降の清岡さんとはずいぶん違う像ができるのではないかと思う。一九四八年、清岡さんは三年数ヶ月ぶりに大連から日本に渡航して来て、このときから日本に於ける清岡さんの戦後が始まるが、それは大戦末期にみずから予感していた未来像「やがて招集され、たぶん戦場に駆り出されて死ぬだろう自分の姿」ともあまりに違うものだった。後年刊行される名詩集『円き広場』所収の文語詩篇を二十歳前後のときすでに書いていた青年詩人は、戦後の雑駁な社会の中で生活に直面するのである。このあたりのことを小笠原賢二氏編の年譜（『清岡卓行大連小説全集』下巻所収）から拾うと、「一九四八（昭和二十三年）二十六歳――七月末、引揚船高砂丸で大連から舞鶴へ向かう。東京世田谷区下馬の長姉の家に間借りし、東大に復学するが、わずかな衣類のほかはどのような財産もなく、生活費を稼ぐためにほとんど授業を欠席した」ということになる。（十九歳のときに夢想した生活設計、詩集――卒業――就職――結婚というコースが、まるで反対の、結婚――就職――卒業――詩集という順序になってしまったというのは有名な話である）

清岡さんの文学の中心は、高雅なリリシズムと不可分の明晰な批評にあると思うが、それは研究室で育てられたものではなく、生活の波をぞんぶんにかぶりながら現実のただ中で鍛えられて来たものだった。最初の現代詩文庫が出たとき清岡さんは四十代半ばで、二十八歳だった私にはすでに完成されきった詩人に見えていたのだが、大連という異郷を故郷に持つこの特異な詩人を戦後社会はそれだけでは終わらせず、さらに厖大な量の仕事をさせるべく大きな混沌をその内部で育てていた。後に清岡さんは大連と自分との結びつきに運命的なものを感ずるとし、その「遥かに遠い精神的な拠点」についてこう語っている。

「その拠点とは、敗戦後三年ほどの大連において、先に述べたところの、うらぶれはてたような不運のなかで、意識を開き直らせて取り戻した自由であり、そのとき大連にかかわって全的に受け容れた運命感です。この場合、自由とその運命感はほぼ同じものでした。別なふうにいうなら、それは耐えがたい日常的・社会的な現実という刺戟によって、虚無への夢から覚まされたポエジーが、その現実のなかで冷静に力強く蘇生しようとする契機でした」(『清岡卓行大連小説全集』あとがき)。

「うらぶれはてたような不運のなかで、意識を開き直らせて取り戻した自由」といい、また「耐えがたい日常的・社会的な現実という刺戟によって、虚無への夢から覚まされたポエジーが、その現実のなかで冷静に力強く蘇生しようとする契機」といい、これは大連という遠い拠点について語ると同時に、この半世紀の詩の最も深い部分についても鋭く語っている言葉のように思える。現在の清岡卓行氏は、一つの円き広場をかなめとして、中国、ヨーロッパ(延々と書きつがれている長篇がある)、そして弓なりの曲線を描く日本列島を含む円を思い描きつつ仕事をしているように見えるが、かつてここに至る途次、何の変哲もない日常に書き入れたエレノールの呟きは、奇妙に明かるかったという戦後社会の中で、これ以外はないと思われる言葉をぴたりと選び出して、幾重にも屈折したかたちで詩人みずからの叙情としていた。暢気な読者であると同時に、かけだしの編集者だった私はそこに大きな魅惑を感じて、本の装丁の一助というかたちを借りて小さな珠玉集を編んだのだったが、清岡さんからの電話は、笑いを含んで頷いていられるようなあたたかさがあって嬉しかった。

(一九九四年書き下ろし)

清岡さんのように 続

清水哲男

清岡さんというと、きまって思い起こすシーンがいくつかある。

ひとつめは、清岡さんご自身とは直接関係はない。私が京都大学の二回生だったとき、当時いろいろな意味で影響を受けていた先輩の下宿を訪れた際、彼が大事そうに見せてくれた詩集が、新刊の『氷った焔』だった。もう、かれこれ三十年前の話である。

ランボー、そしてロートレアモンの徒であった彼は、いかにこの詩集が画期的な表現集であるかを語ってくれたのだった。が、悲しいかな。私には著者の名が、かろうじて『二十歳のエチュード』に登場する清岡さんと結びついたくらいで、先輩の熱弁のほとんどが理解できないままでいた。ただ、二行だけ、「ああ／きみに肉体があるとはふしぎだ」という、それこそ不思議なフレーズにとらわれて、先輩宅を辞した覚えがある。

その頃の私は、俳句に夢中だったので、この詩集の凄さには鈍感なままでいるしかなかったのだろう。

その後しばらくして、現代詩に魅入られることになったわけだが、もちろん、清岡さんの作品には耽溺した。溺れて首までつかっていた時期がある。

清岡さんそのひとにお目にかかったのは、私が文芸雑誌の編集者になったころだから、昭和も四十年を少し過ぎたあたりだったろうか。編集者としてお宅にお邪魔したというよりも、なんだかご馳走になりにばかり伺っていたような気がする。弟たちと何人かで嵐のように予告もなく、ご好意に甘えてしまったときもあった。

清岡さんは、四十代のはじめ、セ・リーグを退職されたばかりで、さぞやご迷惑だったろうと思うが、世間知らずの私をいやな顔ひとつされず、よくぞ遇してくださったと、いまさらながらしみじみと感謝の念でいっぱいになる。亡くなられた奥様によくしていただいたことも、忘れられない。

『最後のフーガ』は、そんな日々のなかで書いていただいた作品だが、「文芸」に載ったときから、いまにいたるまで愛読している一編だ。いただいた当時は、奥様を看護しながら書きつがれていたという事実を、迂闊にも私は気がついていなかった。ただ、尊敬する詩人からこんなにも長い詩編をいただいたという現実のほうで興奮していたのだろう。いつまでたっても脳天気の私だが、その事実を知ってから、よりこの作品世界の凄さにうたれつづけてきたことはいうまでもない。

野球の話をされるとき、いつでも清岡さんの目はやさしくなる。そして、野球に関するどんな文章もぴしりとしまっていて、何度でも読み返したくなってしまう。

たかが(?)野球にも、清岡さんの詩精神は人間の愛と苦悩のありどころを感知し、私にそれを告げてくれる。たかが野球ファンの私は、この点でも清岡さんに多くを負ってきたことになるのである。

たとえ「『科学のように』遅すぎ」るとしても、生涯に一瞬でもいいから、私は清岡さんのようにある時間を持ちたいと願いつづけてきたし、これからもそうだろう。

右の文章は、実は、一九八五年十月二十八日初版発行の奥付を持つ『清岡卓行全詩集』(思潮社)の栞のために寄せたものだが、そのまま再録させていただく。清岡さんに対する私の気持に、いささかも変わりはないから……。

ところで、本集に収められた「球あそび」に登場する三人の野球狂とは、実名は書かれていないけれど、清岡さんご本人と平出隆さん、それに私である。当時「週間読書人」にいた小笠原賢二さん(彼は、わが「ポエムズ」の一員でもあった)が企画をたて、三人は夜の新宿で会い、大いに語り合った。詩の書き手が集まりながら、詩の話をいっさいしないというのも精神衛生的によかったが、それよりも私にとっては、清岡さんと平出さんの話を聞いていくなかで、「言葉の野球」の魅力を再認識させられたことが財産となった。おかげで、いまでも野球のコラムを書くことができている。

この原稿を書いているただいま現在（一九九四年）、清岡さんが「新潮」に連載されている「マロニエの花が言った」を、私も毎号愛読しているが、あの鋭い人間関係の観察力と洞察力をもって野球が語られたのだから、面白くないはずはない。惜しくも故人となられた虫明亜呂無さんとはまた違った意味で、野球の奥の深さを変幻自在に語ることのできる貴重な人が、清岡さんなのである。ひそかに私は、清岡さんの野球に関する文章だけを集大成した本を夢みている。

話は変わるが、先の文章で私に清岡卓行の存在を教えてくれた先輩の名前は、岡本利男といった。大学の二年先輩で、大阪北野高校から京大仏文にすすみ、在学中にフランスの同世代詩人マルク・アランの詩集『他の人々の時間』を翻訳出版したほどの俊才であった。卒業後は時事通信社に入り、五十歳のときに政治部長になったが、その年に不運にも癌におかされて病没。たまさか会うと、彼はいつも決まって清岡卓行の名前を口にしたものだった。

同じ京大仏文の後輩で、清岡さんの熱心な読者である宇佐美斉さんと岡本さんとは、世代が違うので、おそらく面識はないはずだが、この二人に共通する清岡さんへの熱い文学的関心を見ていると、なにやら京大仏文の学問的姿勢の一面が露わになってくるような気もして、興味深い。

よしなしごとを書いているはずみで、もうひとつ。奥様が亡くなられたのは夏の盛りであり、ご自宅からの出棺のときも暑い日の午後であった。そのときに、大勢の見送りの人たちのなかで、吉本隆明さんがひとり生け垣のかたわらにうずくまるようにしゃがみこんでおられた姿が忘れられない。

しゃがみこんでいたのは吉本さんだが、それはそのまま清岡さんの悲しみの姿勢なのであった。

（1994.8）

郷愁の発展

――〝三位一体の想像力〟について

小笠原賢二

太平洋戦争での敗北で、植民地だった満洲や朝鮮や台湾などから多くの日本人が引き揚げた。それらの植民地二世の中から〝外地引き揚げ派〟といわれる一群の文学者たちが誕生した。彼らは複雑な故郷意識・祖国意識を抱いており、それが表現の切実な動機の一つになっている。大連で生まれ大連で敗戦をむかえ、一九四八年（昭二三）に引き揚げて来た清岡卓行氏もその一人であって、氏における故郷意識も独特な形をとっているのである。

たとえば「ふるさとと土佐」というエッセイの中で清岡氏は、大連が〈風土のふるさと〉であり、父母が生まれ育ち、氏の本籍地でもある高知県が〈血縁のふるさと〉だと言う。しかし、ごく稀に訪れるだけで住んだことのない高知県には大連に感ずるような切実さ親密さはない。むしろ氏は〈言語のふるさと〉、つまり生活のよりどころとしての日本語を意識することの方が多かった。ふるさと意識は決定的に分裂しているのである。

また、『アカシヤの大連』（七〇年）には、「自分が日本の植民地である大連の一角にふるさとを感じているということに、なぜか引け目を覚えていた」ともある。たとえば大連には土着人の墓場しかなく、大連に住む前世代の日本人たちは死んだら日本のそれぞれの故郷に埋めてもらいたいと考えていたのである。つまり前世代には内地の国土とのはっきりしたつながりがあるのに対して、「自分」は大連生まれではあっても、前世代とも内地とも連続性が断たれた根無し草でしかない。「自分が大連の町に切なく感じているものは、主観的にはどんなに〈真実のふるさと〉であるとしても、客観的には〈にせのふるさと〉ということになるかもしれない」と言うのだ。

その上、引き揚げて来てからは大連に戻ることは不可能になったし、地図からも大連の地名は消えて幻のふるさとになってしまった。氏自身も、長い間切実にふるさとを意識することなく過すことになる。『アカシヤの大連』でも、妻や子供たちとの楽しい暮しの中で大連はほとんど甦えらず、「遠い生れふるさとは、記憶の底に深く眠っている」状態であり、「ふるさとは、忘れることができる！」と書かれたりする。しかし、大連で巡り合って結婚した妻の死が契機となって書かれたこの小説以降は、生活と精神の拠点である〈風土のふるさと〉に改めて向き合わざるを得なくなるのである。

このようにして急速に覚醒した清岡氏のふるさと意識は、七二年（昭四七）の東京近郊への転居と、やはり同年の日中国交回復、更には再婚後の七五年（昭五〇）に五十歳以上も年の離れた末っ子が誕生したことによっても大きく影響される。そして、七六年（昭五一）に日中作家代表団の一員として二十八年ぶりに中国大陸に渡り、北京、大同、杭州、紹興、蘇州、上海を旅することによって決定的に変化する。大連がこの旅行コースに入っていなかったためにかえって、望郷の思いは切ないまでにつのるのである。その六年後の八二年（昭五七）には、日中文化交流協会代表団の一員としての旅でついに三十四年ぶりの帰郷を果たす。この二段階での大連への帰郷は偶然が生み出した事態にすぎないが、あたかも必然的な宿命のように作用して清岡文学の想像力を大きく広げ、精妙に鍛えることになったのである。

最初の中国旅行から大連再訪以前に刊行された著作には、『芸術的な握手』、『邯鄲の庭』（ただし「四十年ぶりの庭の土」「ある濁音」は最初の中国旅行以前の作品）、『駱駝のうえの音楽』、『夢のソナチネ』、『西へ』、『幼い夢と』などがある。また、二度目の旅行以後で注目されるのは、『大連小景集』、『初冬の中国で』、『蝶と海』といった作品である。

こうした一連の過程で書かれた清岡文学におけるふるさと意識や想像力の形は具体的にどのように変化し発展したのか。これが本稿のテーマである。

そこでまず手始めとして、七〇年以降の清岡文学に著しく見られるようになった〝ふるさとの仮構〟とでもいうべき想像力の働きに注目することにする。この点で見のがせないのが中国旅行以前の「四十年ぶりの庭の土」だろう。引っ越し先の東京近郊（多摩湖町）の人工湖のたたずまいが、大連の自宅近くの人工貯水池である弥生ヶ池によく似ていたことから「私」は急速に同地になじむことになる。それればかりでなく、幼少期以来四十年ぶりに自分の家の庭の土に親しみ、また、海水浴に出かけた金州湾の砂地で親しんだ合歓木《ねむのき》も庭に植えて花を咲かせようとするのである。これはいわば〝ふるさとの仮構〟であり、ふるさと幻想の具象化といった想像力の働きである。清岡文学にはかつてない傾向だろう。

　しかし、ふるさと幻想が精妙に実現されたとしても、当然のことながらそれは大連そのものではない。「ほとんど四十年ぶりの自分の家の庭の土。……自分によるかりそめの所有がふしぎに思われる土に、ようやく親しむことができるようになって、私は自分の気分が少しは変ったように思う。微かなやすらぎのようなものが、加わったのかもしれない」。たとえば、右の傍点部分の形容は、まったき自足とはかなり距離があることを証している。「ある濁音」でもやはり、多摩湖近辺が「独特の懐しさを帯びている」「親しみやすく寛ぎやすい」としながら、同時に「ある侘しさもその空間にそこはかとなく漂う」と言っているのも同じ気分の現われだろう。「それは地上のどこにあるかわからぬ、いや、地上にはたぶんありそうにないある未知の場所への、とりとめのない郷愁に似ている」ともつけ加えずにいられない。この不充足の気分は、そもそも大連自体が〈真実のふるさと〉でありながら〈にせのふるさと〉でもあったことを思い出せば納得できるだろう。宙吊的な郷愁は清岡文学の宿命なのであった。

　しかしそれにしても、この頃の氏におけるふるさと意識の触手が積極的に現実の方に向かい、客観的対応物を求め始めたことは否定できない。それはほとんど貪欲なほどである。この変化は、たぶん多摩湖町に転居した年が日中国交回復の年でもあることに関っている。国交が回復されることで、いつかは〈風土のふるさと〉への現実的な帰郷が可能になるかもしれないという期待感がきざすのは自然だろう。「ある濁音」にしても、「日中国交正常化から七か月半ほど経ったころ」に付近の食料品店で目にした大連製の苺ジャムのレッテルや、氏の幼少期に大連で編集発行され、モダニズム詩の先端的な運動を担っていた安西冬衛らの詩誌「亜」の表紙などから、大連は「たいれん」ではなく「だいれん」と読むのが正しいことを確認する話である。この衝動はやはり「とりとめのない郷愁」とは相当違っている。注目されるのは、右のような経緯に実にしばしば偶然がからんでいることだろう。「思いがけない三つの偶然」「偶然の含む好材料」「思いもしなかった予告」、といったようにである。「人間がなにかを探求しているとき、他人あるいは外界の事物との偶然の出会いが、なんらかの適当な答えをもたらしてくれる」といったくだりも同様だ。郷愁に客観的対応物を求めようとする衝動が磁石のように働いて偶然を引き寄せ、その偶然をことごとく必然に化してしまうのである。これは、通俗物語を支配するご都合主義的な偶然とは根本的に違っている。清岡文学の偶然は一貫して変転する昭和史そのものに宿命的にからんだのっぴきならない動機に発しており、それはあげて純粋な文学空間を創出するように働いていると言ってよい。

　初めての中国旅行を題材に書かれた紀行集『芸術的な握手』になると、郷愁の形はもっと求心的に明瞭な形にならざるをえない。直接大連とは関りのない各地を巡りながらしばしば大連での幼少期の記憶がふとしたきっかけで間歇泉のように吹き出すのである。万里の長城でも、「私の胸にまず湧いてきた情感は、奇妙なことに大連への望郷の思いであった。私は自分がそんなふうになると予期していなかったので、少しばかり狼狽《うろた》えた」といった具合になってしまう。この時の感懐を詠んだのが「長城で——詩の試み」である（この長詩は後に加筆改稿を経て「望郷の長城——海の匂い」「長城で——境界線の矛盾」の二篇に分離され『初冬の中国』に収められた）。一部を引いてみよう。

萬里の長城の　烽火臺に立つと
ふるさとの海の匂いがした。

それは　わたしという致命的な
暗い夢の風から
ひそかに立ち昇った
星の海の遥かな匂い。
まことに長い年月　忘れていた
幼い日の　ボートの危険。
（中略）

しかし　招待の中國旅行の
東北の果ては　この追想まで。
同行の日本人仲間からぬけだし
黙ってひとり
望郷の長城は越えられない。
わたしひとり　夜の北京驛から
遁走するかのように
さらに東北の　遼陽の白塔を廻り
二十八年ぶりに
幻の星のかけらに
逢いに行くことはできない。
（中略）
もしかしたら　後半生の
わたしの心と體の劇は
八達領で長城に登ったそのとき
生れふるさとの大連に
いちばん近づいていた
ということになるかもしれない。

〈風土のふるさと〉に近づいていながら帰郷できないもどかしさ切なさが如実に伝わるくだりである。特にこの旅の段階では、中国旅行の機会はもう無いかもしれず、従って以後大連に帰郷する保証はなかったので、郷愁は悲傷感さえ帯びることになったようだ。

　また『芸術的握手』では、「烏篷船——短篇小説の試み」（『邯鄲の庭』にも収録）における郷愁の形も忘れがたい。紹興の東湖の船の上で不意に「ある深い安らぎ」を覚え、ここでも「対象のさだかではない郷愁をせつなく」かきたてられるのである。興味深いのは、それが中国への旅立ち前に何度も見た夢に関連していることに思い当ってからの自己分析である。すでに「船が飛ぶ」（『夢のソナチネ』に収録）という掌編として書きあげているその夢は、湖を走る船がしまいには空を飛ぶという奇想天外なものだった。この空飛ぶ船は、中国行きの飛行機と旧制高校や大学時代に日本と大連の往来で何度も乗った関釜連絡船のイメージの合体であり、その湖は多摩湖にも重なっていると「私」は考える。夢と現実を接着したいささか強引な解読だが、しかしそれは「私が覚えた深い安らぎ」とぴったり合ったのである。しかも既に見たように、多摩湖は幼少期から二十代半ばまで親しんだ故郷の弥生ヶ池とも重なっていた。このように、中国の地を二十八年ぶりに踏むことによって「対象のさだかでない郷愁」は、夢や超現実的な連想によってかなり具体的な形をとり、濃密で複雑な陰影を備えて行くのである。

ところで七五年（昭五〇）に、五十二歳で生まれた末っ子もまた、清岡文学の〈仮構のふるさと〉に大きな役割を果たすことになる。「東京の多摩湖と大連の弥生が池の場合に似て、いや、その場合よりもいっそう切実に、自分の幼い子供にとってはこの庭の土が、私における幼少年時代の家の庭の土と同じものになるだろう、という深い思いは、私の心にいつのまにかふしぎな経験をもたらしていた。その深い思いが微妙な回路となって、私もまた、今の自分の家の庭の土に、いわば血につながる懐かしさのようなものを感じはじめたのである」（「邯鄲の庭」）。四十年ぶりに庭の土に親しんでも「かりそめの所有」にしか感じられないのは、もちろん「今の自分の家の庭の土」が「幼少年時代の庭の土」そのものではないからだ。しかし「幼い子供」にとってはそれが、「私」の「幼少年時代の庭の土」と同じ意味を持つ。つまり、「幼い子供」を仲立ちにして「昔」と「今」という時間と、二つの庭という空間はよりスムーズに結びつき重ねられた。「血につながる懐かしさのようなもの」とは、かりそめでありながらもそれなりに確かなふるさと意識を象徴しているのである。この点で、『幼い夢と』の次のような一節には、末っ子への「私」の思いがより痛切にこめられているのを確認できるだろう。

秋　邯鄲《かんたん》の声が
さびしく冴えるころ
嬰児は鏡のなかの自分に向かい
ふと　無心に笑う。
相手の笑いが　新しい笑いを誘う。
開かれた口の歯は二本。
母は　鏡の奥に見える
楓や山茶花《さざんか》の涼しげな庭に

嬰児といっしょに入って行きたい。
現在がそのまま
思い出に氷ったような
涯もなく遠い庭で　いつまでも
いつまでも
いとし子を抱いていたい。

（「鏡」）

ほとんど祈りのような思いの吐露によって、「血につながる懐かしさのようなもの」はより鮮明に定着されている。「現在がそのまま／思い出に氷ったような／涯もなく遠い庭」は、透徹した〈仮構のふるさと〉のイメージになっている。氷りつくことによって現在は遠い過去になり、遠い過去は現在になる。遠く離れた二つの時空の合体とその永続化への願望だろう。言いかえればこの時、〈仮構のふるさと〉と〈風土のふるさと〉と〈血縁のふるさと〉は重なり合わされたのである。これを一種の〝三位一体の想像力〟と呼ぶことも可能だろう。あるいは、分離した〝三つのふるさと〟が互に支えあいながら、それなりに均衡のとれた三角形の磁場を形成したと見ることもできるのである。ただしもちろんこれは堅固不動な磁場ではない。それはあくまでも「懐かしさのようなもの」でしかないからである。どこまで行っても、氏のふるさと意識から宙吊感覚が消えることはありえない。だからこそまた、〈仮構のふるさと〉に向かわざるをえないのである。このように宙吊感覚や分裂状態を超越したり、遠く離れた時空を一体化させる場合に、右のような氷りつくイメージや石などの硬質なオブジェがしばしば出現するのは興味深い。

三十年も見ない故郷の家に　戻ってきたのか？
家の建っていた形のままに　青い釣堀がある。
釣手たちの釣糸は　垂れたまま微動もしない。
漣の形をのこし　水は透明に氷っているのだ。

（「氷った釣堀」、『夢のソナチネ』）

自分の幼年の日日に
遠くつながろうとするかのように
中年の終りに近く　わたしは

石をあらためて愛しはじめている。

（「丘のうえの入学式」、『幼い夢と』）

氷りつくイメージであれ石であれ、時間と空間の制約を超越する衝動や、現実と不可能な自由の背反を克服しようとする意識の現われに他ならない。言いかえればこれらは、完全には満たされない郷愁の形象化・具象化なのである。

シルクロードから発掘された千年、二千年昔の文物を題材にした『駱駝のうえの音楽』も、基本的には相似た感受性の所産である。『西へ』の、少年時に見聞した中国東北部の風土・伝説に関する詩にも同様のことが言えるだろう。あるいは、李白、杜甫、白居易ら漢詩人ゆかりの地や旧蹟めぐりを素材にした『初冬の中国で』にしても、その例外ではない。それらのオブジェや詩句や伝説を媒介にして、遠く離れた時空はつながり一体化するのである。

しかし、最初の中国旅行後の『駱駝のうえの音楽』と、大連再訪後の『初冬の中国で』における郷愁の形はいささか異るようである。たとえば前者の「唐三彩の白馬」「駱駝のうえの音楽」は、千二、三百年も前の墓から出土した白馬や楽人を乗せた駱駝の玩具への〝寄物陳思〟といった趣向の詩である。現在の「わたし」が、それらのオブジェを細かく観察するうちに、想像力はとてつもない昔の時空に入りこむのだが、更に注目されるのは杜甫や李白らの詩も引用され、それを触媒にしたように一篇の時空も情感も一層の広がりを見せることである。つまりここには現在の「わたし」と漢詩の情感とオブジェの世界という三つの要素が重ねられている。かつて太平洋戦争中に清岡氏が杜甫や李白らの漢詩人に時流拒否の気分をこめながら親しんでいたことをふまえて言えば、大過去・中過去・現在という時空が、より濃密にここにたたみこまれているとも言える。そして詩全体は三つの時空を重ね混淆しながら、超現実的な風情を漂わせ始めるのである。『駱駝のうえの音楽』のオブジェに相当するのが『初冬の中国で』の場合は「現場」になるだろう。次のような部分はそれを端的に証している。

ああ　李白！
そういえば　千二百年ほど昔
あなたはこの山東を　くりかえし歩いているのだ。
その遥かな影に　不意に訝する
わたしの若い日日の
眩ゆい無為の自由へのあこがれ。
（「蘭陵酒」）

白居易
あなたはある秋ここに来て
東岸の菊の花　西岸の柳の陰《かげ》
瑠璃色の狭い水流　廻る小舟を
いとおしがって歌ったが
それらは　千年以上も経ったおまけに冬でも
現場の魔力が
懐かしく想像される。
（「洛陽の香山で」）

ここにも「わたし」の現在と若い日々と歴史の三層構造が見られるが、「現場の魔力が／懐かしく想像される」という事態は『駱駝のうえの音楽』にはあまりなかったものだ。ゆかりの地に立つことによって臨場感が著しく強められ、千年や千二百年の時間差は消えて李白や杜甫はあたかも同時代人になったかのようだ。やはり作中には彼らの詩句も引用されていて、一篇の時空はダイナミックにふくらんでいる。大連再訪以前にしばしば見られた痛切な感傷は影をひそめ、その分だけ悠久の歴史と風土への合体や、漢詩人や歴史的人物との交感の衝動が自然な形で強められることになっている。「現場の魔力」を基点に新たな想像力の広がりが見られるのである。これは、清岡氏の郷愁に一つの転機が訪れたことを意味しているだろう。いずれにしろ、『駱駝のうえの音楽』や『初冬の中国で』に共通しているのは〝三位一体の想像力〟に他ならない。清岡氏があるインタビューで述べた、「詩を書くときの私の夢の一つは、日常的でもあり、社会的でもあり、歴史的でもあり、なおかつそこに形而上性が秘められていることです」といった創作理念が実現されていることをはっきりと確認できるのだ。

〝三位一体の想像力〟は、小説にも当てはまる。特に、こんな一節は忘れがたい。「このとき、私は自然を懐かしむ熱い眼差しを、海や陸だけでなく、ふと空にも向けたのである。冬枯れて落葉した林の上で、空は白く淡いちぎれ雲を三つほど浮かべ、明るい青をどこまでも遠く澄ませているではないか。その美しさが私の虚を衝くように、心の底、体の底までつらぬいた。この一瞬は、大連に着いたときから、私がたぶん無意識のうちに求めていたものだろう。郷愁はようやく自然の中で、それもまったく人事にかかわらない海辺の青空の中で、初めて深く満たされたのである」(「大連の海辺で」、『大連小景集』)。海と陸と空が交差する海岸線で、「私」は心底充足している。そしてしきりに波打際の小石を拾うのである。この石はまぎれもなく、「自分の幼年の日日に／遠くつながろうとする」ためのオブジェである。またこれは先に引いた「長城で——詩の試み」での憧憬が現実化した光景とも言えよう。小石はまさに「星の海」における「幻の星のかけら」以外のものではない。海に映った天の星が打ち寄せられたのが星形をした海岸の小石というわけなのだ。つまりこの石は、陸と海と空を統べる〝三位一体のオブジェ〟であり、束の間獲得した永遠性の象徴に他ならない。〈風土のふるさと〉とのこれだけ至福の一体化を果たしてしまえば、大連再訪以前の痛切な感傷が影をひそめるのはむしろ当然だろう。その分、国際都市・大連を核にした氏の想像力が、古今東西にわたる時空へと広く解き放たれて行くことになる。

そのことは、清岡氏が少年期以降ひとかたならず関心を抱き続けてきた安西冬衛と、その代表作である「春」と題する一行詩「てふてふが一匹韃靼海峡を渡つて行つた。」への理解の推移などを見るとよく分かるだろう。

たとえば『アカシヤの大連』の段階では、伏見台からの大連湾の眺望との関りで一行詩の創造の秘密を告白した安西の随筆を読み、「ある濁音」では「亜」の全冊に目を通すという主としてブッキッシュな次元でのみ視野は広げられていた。それが更に、最初の中国旅行後の「蝶の坂」(『夢のソナチネ』)になると、夢の中で「わたし」が幼少期に見なれた伏見台に立ったかのように、安西の一行詩の眺望をなぞっている。郷愁を溶かしこんだ夢の方法によって氏の想像力は安西の内懐にまで深く入りこむことが出来ているのである。しかし三十四年ぶりに実際に、伏見台に立った体験をふまえた『蝶と海』は、やはり「現場の魔力」なしには書けない内容になっている。「遠い青春期における今は亡き親友とその詩作品に対する場合に近い」「自分と同じ立場を意識する詩人」としてただならぬ親愛感を抱くようになっているのである。特に、一行詩は安西を慕って日本から大連に渡り結婚することになる一人の女性へ向けた「恋唄」ではないか、との見解は注目される。たぶんこの解釈には大連で敗戦をむかえ、同地で恋愛し結婚した清岡氏の体験が無意識のうちに重ねられているだろう。また、三岸好太郎の絵、三好達治やプルーストの詩、ショパンのピアノ曲に見られる蝶の東西のイメージを引き合いに出しながら、「蝶のこうした可憐な羽ばたきほど海へのほとんど形而上的な憧れをせつなくかたどるものはほかにない」と言う。「詩そのものを暗喩しているようなイメージ」や「詩人の本源的な郷愁」をもそこに見出している。

要するに清岡氏は大連という時空に溶けこみ、安西と一体化するほどに深く寄りそうことで、自身の生と詩精神と郷愁のかたちをより鮮やかに見出したことになる。しかもそのことで視野はおのずから、国際的な次元にまで広げられることになっている。すなわち、自身と対象人物と歴史の一体化の働動。これも〝三位一体の想像力〟の現われと言ってよいのである。

このように、「生れふるさとである大連への、郷愁にみちた旅への誘ない!」(『芸術的な握手』)に発した「宿命の土地」であり「記憶の宝庫」でもある大連への帰郷は、〝三位一体の想像力〟の変奏という形でなしとげられたのである。物事を構成的に見る場合にバランスの取れた三という数字に対する偏愛は、清岡氏が常々語るところであって、その資質については更に考察を要するだろう。とにかく、一連のスリルに満ちた感受性の運動は、最後には至福の表情を見せて読み手をも深く充足させるに至った。〝外地引き揚げ派〟の中で、このような形で文学空間を開いてみせた文学者は他に見当らない。

(一九九四年、夏)

現代詩文庫 165 続続・清岡卓行

発行・二〇〇一年十一月二十日 初版第一刷
著者・清岡卓行
発行者・小田啓之
発行所・株式会社思潮社
〒162-0842東京都新宿区市谷砂土原町三—十五
電話東京（三二六七）八一五三（営業）八一四一（編集）八一四二（FAX） 振替〇〇一八〇-四-八一二一
印刷・凸版印刷株式会社
製本・株式会社越後堂製本
ISBN4-7837-0936-X C0392

現代詩文庫

第Ⅰ期　＊人名（明朝）は作品論／詩人論の筆者

133 続川崎洋詩集　茨木のり子／谷川俊太郎他
134 続清水昶詩集　村上一郎／宇佐美斉
135 続高橋睦郎詩集　秋山駿／藤井貞和他
136 続長谷川龍生詩集　阿部岩夫／鈴木志郎康他
137 続中村稔詩集　粕谷一希／平出隆他
138 八木忠栄詩集　富岡多恵子／清水哲男他
139 続佐々木幹郎詩集　谷川俊太郎／富岡多恵子他
140 城戸朱理詩集　前田英樹／松浦寿輝他
141 野村喜和夫詩集　渋沢孝輔／吉田文憲他
142 平林敏彦詩集　大岡信／辻井喬他
143 続渋沢孝輔詩集　安東次男／出口裕弘他
144 続那珂太郎詩集　高柳誠／阿部日奈子他
145 財部鳥子詩集　川村湊／新井豊美他
146 続長田弘詩集　鶴見俊輔／三木卓他
147 吉田加南子詩集　中村稔／岩成達也他
148 続清水哲男詩集　清岡卓行／大野新他
149 辻仁成詩集　今井義行／野村喜和夫
150 木坂涼詩集　清岡卓行／吉野弘他
151 田中清光詩集　中村稔／大岡信他
152 阿部弘一詩集　安藤元雄／平井照敏他
153 続続大岡信詩集　野沢啓／城戸朱理他
154 続続鮎川信夫詩集　瀬尾育生／磯田光一他
155 続辻征夫詩集　菅野昭正／中上哲夫他
156 福間健二詩集　瀬尾育生／鈴木志郎康他
157 守中高明詩集　小林康夫／絓秀実他
158 平田俊子詩集　吉増剛造／藤井貞和他
159 村上昭夫詩集　辻井喬／高橋昭八郎
160 広部英一詩集　荒川洋治／岡崎純他
161 白石公子詩集　佐々木幹郎／常盤新平他
162 鈴木漠詩集　塚本邦雄／清水哲男
163 高橋順子詩集　大岡信／池井昌樹他
164 池井昌樹詩集　天沢退二郎／粕谷栄市他

1 田村隆一詩集
2 谷川雁詩集
3 岩田宏詩集
4 山本太郎詩集
5 清岡卓行詩集
6 黒田三郎詩集
7 黒田喜夫詩集
8 吉本隆明詩集
9 鮎川信夫詩集
10 飯島耕一詩集
11 天沢退二郎詩集
12 吉野弘詩集
13 長田弘詩集
14 吉岡実詩集
15 富岡多恵子詩集
16 那珂太郎詩集
17 安西均詩集
18 長谷川龍生詩集
19 高橋睦郎詩集
20 茨木のり子詩集
21 安水稔和詩集
22 鈴木志郎康詩集
23 生野幸吉詩集
24 大岡信詩集
25 関根弘詩集
26 石原吉郎詩集
27 谷川俊太郎詩集
28 白石かずこ詩集
29 堀川正美詩集
30 岡田隆彦詩集
31 入沢康夫詩集
32 片桐ユズル詩集
33 川崎洋詩集
34 金井直詩集
35 渡辺武信詩集
36 安東次男詩集
37 三好豊一郎詩集
38 中桐雅夫詩集
39 中江俊夫詩集
40 高野喜久雄詩集
41 吉増剛造詩集
42 渋沢孝輔詩集
43 高良留美子詩集
44 三木卓詩集
45 加藤郁乎詩集
46 石垣りん詩集
47 木原孝一詩集
48 北川透詩集
49 菅原克己詩集
50 多田智満子詩集
51 鷲巣繁男詩集
52 寺山修司詩集
53 木島始詩集
54 清水昶詩集
55 金井美恵子詩集
56 吉原幸子詩集
57 藤富保男詩集
58 岩成達也詩集
59 井上光晴詩集
60 会田綱雄詩集
61 北村太郎詩集
62 窪田般彌詩集
63 辻井喬詩集
64 新川和江詩集
65 吉行理恵詩集
66 中井英夫詩集
67 粕谷栄市詩集
68 清水哲男詩集
69 山本道子詩集
70 宗左近詩集
71 中村稔詩集
72 粒来哲蔵詩集
73 諏訪優詩集
74 続飯島耕一詩集
75 荒川洋治詩集
76 佐々木幹郎詩集
77 正津勉詩集
78 辻征夫詩集
79 安藤元雄詩集
80 藤井貞和詩集
81 大野新詩集
82 犬塚堯詩集
83 小長谷清実詩集
84 江森國友詩集
85 天野忠詩集
86 嶋岡晨詩集
87 阿部岩夫詩集
88 関口篤詩集
89 衣更着信詩集
90 ねじめ正一詩集
91 菅谷規矩雄詩集
92 井坂洋子詩集
93 片岡文雄詩集
94 伊藤比呂美詩集
95 新藤涼子詩集
96 青木はるみ詩集
97 中村真一郎詩集
98 嵯峨信之詩集
99 稲川方人詩集
100 平出隆詩集
101 松浦寿輝詩集
102 朝吹亮二詩集
103 続荒川洋治詩集
104 続藤井貞和詩集
105 続寺山修司詩集
106 吉田文憲詩集
107 瀬尾育生詩集
108 続谷川俊太郎詩集
109 続続谷川俊太郎詩集
110 続田村隆一詩集
111 続続田村隆一詩集
112 続天沢退二郎詩集
113 続続天沢退二郎詩集
114 新井豊美詩集
115 続吉増剛造詩集
116 続続吉増剛造詩集
117 続鮎川信夫詩集
118 続北村太郎詩集
119 続吉野弘詩集
120 続石原吉郎詩集
121 続鈴木志郎康詩集
122 川田絢音詩集
123 続続吉野弘詩集
124 続北川透詩集
125 続白石かずこ詩集
126 続清岡卓行詩集
127 続宗左近詩集
128 牟礼慶子詩集
129 続吉岡実詩集
130 続辻井喬詩集
131 続大岡信詩集
132 続新川和江詩集